玫瑰吉

阿　开◎著

文化发展出版社
Cultural Development Press
·北 京·

图书在版编目（CIP）数据

玫瑰吉／阿开著．—北京：文化发展出版社，
2024.6
ISBN 978-7-5142-4360-4

Ⅰ．①玫…　Ⅱ．①阿…　Ⅲ．①长篇小说－中国－当代
Ⅳ．①I247.5

中国国家版本馆CIP数据核字（2024）第112239号

玫瑰吉

著　　者 阿　开

出 版 人：宋　娜　　　　责任印制：杨　骏
责任编辑：孙豆豆　　　　责任校对：岳智勇
特约编辑：王　牧　　　　封面设计：马范如
出版发行：文化发展出版社（北京市翠微路2号　邮编：100036）
网　　址：www.wenhuafazhan.com
经　　销：全国新华书店
印　　刷：廊坊市新景彩印制版有限公司

开　　本：880mm×1230mm　1/32
字　　数：109千字
印　　张：5.5
版　　次：2024年7月第1版
印　　次：2024年7月第1次印刷

定　　价：48.00元
I S B N：978-7-5142-4360-4

有一个生于1980年的女孩，25岁时客死他乡，魂未归故里，这篇小说是写给她的，因为她曾经信任我。

她从偏远的小山村出发，到繁华的大城市，她追逐自由而绚丽的梦想，却背负不起父依母靠期望的沉重。她和文中的女主境遇一样，想要自由，却失去了归宿。有时我们又何尝不是如此呢？

阿开

目　录

一

对警察这个职业，我几乎是一无所知。仅有的一点了解，源自和张伟的接触。

屈指数来，张伟已经当了20年的警察了，而我在他刚刚开始工作时，就结识了他。

说实话，我认识张伟的时候，觉得他选错了职业，他身材瘦小，性格木讷，一点儿也不像警察。今天，如果他不穿警服，还是不像警察，尽管他发福的身材让他显得有些魁梧，他更加细长的眼睛眯缝着，让人看不清他的眼神，自有一种威严。不过，他的性格与外表并不名副其实，他还是胆小而软弱。但有一点毋庸置疑，那就是他是性情温和的人。

那时，我在一个有20多人的事业单位上班，我的工作是给领导当司机。有一天，我们单位某领导的小孩要迁户口，而办理迁户手续是需要户口簿的，领导亲自把户口簿送到了派出所，却没有时间去拿回来。于是，他就让我去派出所取户口簿。

派出所在一排平房里。我一看派出所人来人往，每个警察都在忙碌，我就想找个警察问一下去哪里拿户口簿，但是我却不知道问谁好。其实，我也曾想打电话问领导，却又担心领导嫌我笨，连这点儿小事都办不好。

正在我不知所措时，突然，我发现有一个警察站在门口，正抻着脖子向不远处眺望，他像是在等什么人。我就赶紧走到他面前去问他。他听了我的诉求，安慰我说："别着急，我帮你去问一问。"说完，他就走进了一个房间。

我在外面等了不长时间，他就走了出来。然后，他告诉我负责办事的人出去了，得下周再来拿户口簿。见此，我有点生气，说话声音自然高了几个分贝："还要跑一趟？警察办事的速度怎么这么慢，简直是在浪费老百姓的时间。"

或许，他没想到我会生气，因此他有些不安，与我商量说："要不，你留下地址，回头我把户口簿给您送过去？"此时，我也想不到更好的办法，只好无奈地对他说："好吧！"

出人意料的是，几天后，他竟然真的亲自将户口簿送到了我的单位。见此，领导很是意外，他眉开眼笑地对我说："警察亲自给送户口簿……没想到，你还有这样好的警察朋友！"

我们领导很少表扬下属，而这次我能得到领导的表扬，当然很开心，也非常感激张伟。送他出门时，我塞给他一包好烟，但是他说什么也不要。我问他在派出所具体做什么工作，他说他在实习，一个月后他就要回公安局工作了。

从那以后，我就算认识他了。他刚警校毕业，没什么朋友。

我虽然是一个司机，但是跟着领导见识了不少人。我和他逐渐熟悉以后，觉得他不善言辞，心思简单，又没有背景，前途黯淡无光。不过，他性情温和，和他交往反而很放松。

刚开始工作的时候，我还比较胆怯，除了开车之外，领导去哪儿我就去哪儿，诚惶诚恐地被带进各种饭局。为了掩饰自己的尴尬，我沏茶倒酒，把整齐的纸巾递到领导们手里。不过，他们并不会注意到我，我放心地去观察这些人，听他们高谈阔论。

那些时候，我见过不少领导，有的正当壮年春风得意，说话高亢，一副唯我独尊的模样；有的谦卑低调，人前满脸堆笑。在饭局上，经常会有女人。这些女人，可能因为公事来的，可能因为领导关系来的，大家心照不宣，都不说什么。往往因领导关系而来的女人，身材苗条面容姣好，有的矜持，有的非常善于劝酒说笑。这让我十分钦佩。有的时候，我往往被她们调侃。

这些女人经常调侃我说："搞不明白，一个人长得那么帅，为什么要做司机，穿得这么老气。"而她们对领导们的衣着却一点儿不奇怪。

这些领导往往说话机智，刚刚骂了一件事情，立马笑起来找一个说辞掩盖。我最初时感到惊讶，后来就习惯了。有的领导呢，说话比较尖酸刻薄，气氛不太友好，如果当时没有人接住话题，就需要我来嬉笑搪塞一下。领导们的说话艺术，我真是望尘莫及。能够巧妙地对答简直是智商的考试题。

自从认识张伟后，尽管他很腼腆，但没有谁像他那样单纯。我每次叫他出来吃饭喝茶，他必定会到。说他单纯，是他连麻将都不会。我毫不犹豫地拖上他，加入我们的麻将局，很快就教会了他打麻将。

有一次，我约张伟去一个朋友家打麻将。那天，来打麻将的人很多。人多了，房间就显得比较拥挤。

不过，张伟来得比较晚，一进屋，就感觉有些尴尬。因为他没想到会有这么多人来打麻将，而且除了我，其他人他都不认识。最让他不好意思的是，由于他来晚了，麻将桌上没有了他的位置，他只好安静地坐在沙发上看电视，而其他不打麻将的人则在聊天。

这场麻将局的发起人是一位领导的老婆，叫杨丽英。

杨丽英的老公是领导，她自己是一个小科员，工作轻松，有很多空余的时间。一有时间，她就会约朋友们下馆子吃饭，或者是打麻将。而朋友们也喜欢来她家打麻将，因为她家的房子空间特别大。

杨丽英的父亲曾经是一家工厂的厂长，她是父亲的掌上明珠。她结婚时，她的父亲给她买了一套上下两层的小别墅。小别墅位于县城中心，交通非常方便。所以，大家经常来她家聚会。

杨丽英性格很好，是一个热情好客、善解人意的女人，见张伟不爱与人聊天，一个人孤零零地坐在那里看电视，就赶紧起身，拉张伟过来，把张伟按在麻将桌前的椅子上，让张伟帮她打牌。

张伟客套道："我不太会打麻将，还是你来打吧！"

杨丽英鼓励他说："没事的，我就站在你旁边，你不会的话，我来教你！"

杨丽英说到做到，她一直站在张伟身边，一边教他打牌，一边与他聊天。聊天内容像是在查户口，比如张伟家是哪里的、家里有几口人等。

当她问到张伟是否有女朋友时，张伟的脸腾地一下红了，说不出话来。见此，我急忙帮他打圆场说：“他哪里有女朋友，天天被他们局里的那些老头子拖着加班，哪有时间去谈恋爱？”

我一边说，一边递给张伟一支烟。张伟接了烟，并没有点着烟，而是先把烟放在了桌子上。

杨丽英乘机调侃我：“哎哟，李元，你看看，人家不抽烟的，你不要把他带坏了。”

说完，杨丽英就笑着拿走了烟，然后用打火机点着了烟，抽了起来。

没过多长时间，杨丽英又请我去她家吃饭，并再三叮嘱我一定要带上张伟。我爽快地答应了她。那天，我早早到了杨丽英家，见张伟他还没有到，我就在楼下等他。等他到了以后，我们再一起进去。毕竟，是我约的他呢！

进门时已经来了六七个人，都是些熟悉的面孔，大多是政府部门的。快到五一节了，都在准备去哪里出游，大家兴致勃勃，无所不谈。来的女人们显然是精心打扮过的，连衣裙上搭了丝巾或者外套上别了胸针。虽然她们的身材大多有些臃肿，衣服的样式都不是紧身的那种，但是那些鲜艳的颜色，让人心情很好。这时，我发现，在一群中年妇女里，有一个年轻的女人，瘦瘦的，安静地坐在旁边一把椅子上，说是年轻，打扮得却很老气，褐色的衬衫，规规矩矩地穿在身上，一点儿褶皱都没有。刘海被高高地卷起来，用发胶固定在额前，纹丝不乱。

头发在脑后绾成一个髻，用灰绿色的发卡锁住。她将双手放在大腿上。裤子是黑色的，衬得她一双手白皙而纤细。显然她是第一次来这里，和其他人都不熟悉。我也没有见过她。

见我们进了门，杨丽英马上拉着张伟的手，热情地向这个女孩介绍起来。我恍然大悟：她这是要给张伟介绍女朋友呢，为什么事先不和我说一声，就擅自做主介绍了？

说实话，我有些生气。可是转念一想，张伟是我带来的，人家给张伟介绍女朋友，这不是好事情吗？想到这一点，我心情立马好了很多。

这个女孩子叫丁宜兰，年龄比张伟大一岁，是杨丽英老公单位的一名科员。可是在女主人介绍了女孩子后，张伟却坐在了距离丁宜兰很远的位置。

我想，张伟肯定不喜欢丁宜兰这种类型的女孩子，因为她身上没有一点儿年轻人应该有的活力。正在这样想时，却听到林艾在喊我，林艾是一所中学的老师，她是与老公一起来的。她喊我是想让我帮她安排一个可以钓鱼的地方，因为她要请她老公单位的领导钓鱼。

安排人钓鱼对于我来说并不难，所以，我非常痛快地答应了她。她非常高兴地拍了拍我的胳膊，然后低声告诉我晚宴结束的时候，跟她去她家拿烟。烟是别人送她老公的，可是，她老公是不抽烟的。所以，她想让我拿去抽。

我鞠躬向她道谢后，她就喜笑颜开地去看她老公打麻将了。而我一回头，却看见严薇站在餐桌旁喝茶。严薇大约 37 岁的年龄，身材高挑，身形健壮，脸庞很宽，长得并不漂亮，而且她从不化妆，站在这些打扮得花枝招展的女人中，显得非常不起眼。

不过，她的职位是某局的副局长，位高权重。所以，她无论走到哪，身边总有几个女人围着她。今天同样如此。不知严薇身边的女人们在说些什么，她们故意将说话的声音压得很低，好像在说什么小秘密似的。严薇呢，则是一副心不在焉的样子。于是，我就冲她喊道："严局长，上次我帮你开车的时候，发现你的车方向盘有点偏了，你去维修了吗？要不要我帮你开到修理厂去看一看？"

听我提到她的车，严薇立马产生了兴趣，她忙不迭地解释道："修好了修好了，还好你提醒了我。"接着，她话锋一转，不解地问我："对了，你们领导不是说有事找我吗？怎么没看见他来呢？"

见她问我领导，我赶紧打趣说："是呀，正要向严局长汇报呢。领导他没来，我不是来了吗，严局长这是瞧不上我呢！"

严薇知道我这是在开玩笑，于是她情不自禁地捂着嘴，哈哈大笑起来。

然后，她去拿了一些零食，不停地往嘴里塞。见我还在一边傻傻地站着，她就微笑着对我说："你去玩你的吧，我去厨房看看，看看阿姨在做什么拿手菜。"

我佯装生气了，说："严局长，你这是在撵我走吗？哎，说实话，你那个车，我看左前面的漆都花了，你没有时间去补漆，你真的是太忙了。哪天你不用车的时候，我去帮你的车补一下漆。我有个兄弟开了一家修理厂，他修理厂员工的补漆技术很棒，补了漆的车看起来与原厂的简直是一模一样。”

她倒也不客气，说：“好的，下周我要去党校学习了，到时候，你来我们单位开车，帮我的车去补一下漆吧！”

时间过得真快，转眼间就到了吃饭的时候。此时，我才突然想起张伟。而他还坐在麻将桌边，身后围了几个人。我只好站在一边等着他。等他们的麻将大战结束了，他从椅子上站起来的时候，我就悄悄地问他：“哎，那个女的呢？”

他没有说话，却低下了头。我以为他没听到，就又问了他：“感觉怎么样？”

张伟还是不说话，低头忙着整理麻将桌。我不得不又问他：“哎，她人呢？”

这次，张伟终于慢腾腾地开口了，说：“她有事，先走了。”

而之后，我不再提那个女孩子，开始跟张伟聊今天的聚会，我觉得这样的聚会不错，主人家的饭菜做得比外面饭馆的好吃，来的客人都是有头有脸的人。我建议，张伟要经常参加这样的聚会，毕竟他在县城没有靠山，要多认识一些人的。

其实，我和张伟的年纪差不多，懂的人情世故却比他多，俨然像是一个老江湖。

现在想想，在那些女人当中，杨丽英算是热心人，这些人为了自己的利益，不断地挖掘或者抓紧各种资源，绞尽脑汁，不遗余力。杨丽英还算好，在为了自己谋利益的同时，随时想着帮助别人。这也是她后来一直顺顺利利当个有实权的科长好多年的原因吧！她和各种女人交往，招待她们，她身在其中，看各种人粉墨登场，她的生活圈子也因此扩大。她毫不吝啬地款待她们，并与她们有了千丝万缕的关系，对于她们无所事事的习惯，她认为无可厚非，表面上她兴高采烈地与她们融合在一起，但她一点儿也不想按她们的方式生活。这些人让她感觉很忙碌，她认为忙碌是她人生成功和圆满的标志。

有一次，我问杨丽英："那个丁……丁丁，人怎么样呀？家里做什么的，你那么关心她。"

她说，丁宜岚家是县城的，父母都是老师。丁宜岚的工作能力很强，似乎前程似锦。

我不客气地说："有点老气横秋的。"

杨丽英反驳我说："人老实，不会打扮，是过日子的人。哪像你老婆，天天打扮得像个明星似的，小心被你宠坏了。"

我无话可说了。

现实总是出人意料。

家里人突然在云南买了一片茶园，让我过去管理。很快，我就辞掉了工作，去了云南。在此期间，也不时地回来，但是每次回来，都是来也匆匆，去也匆匆。而那种隔三岔五，与大家一起吃饭打牌、悠哉悠哉的时光，则是一去不复返了。

时间不忍细数。转眼间，桑海沧田。再次与张伟坐在一张饭桌上吃饭，竟然是时隔 15 年以后的事情了。真是令人感慨万千。

二

出走半生，已过良辰，无锦衣雪华，亦无知己回眸。

十五年后，我结束了茶园的生意，离了婚，回到这个县城。回县城后，开了一家不伦不类的小酒馆，下午喝茶，晚上喝酒。重新和这里的各类人等交集起来。

刚开酒馆的那年夏天，有一个熟人来酒馆吃饭，我想过去与他打声招呼。出人意料的是，我一进去，就有人大声地叫我："李元，李元！"

是张伟。

张伟声音很高："格老子，真是你呀。"

他走过来，随手递给我一支烟。

他胖了，显得比以前高了许多，脸上都是笑容。

我和他喝了两杯酒。他接了一个电话，说有事情，他很快就离开了。临走时来和我说，改天聚一聚，他说现在还经常和杨丽英她们打麻将。

他离开以后，我问旁边的人，他现在在哪里上班了。

朋友说："他还是在公安局，刑警队，一般民警。"

这么多年了，还没有混个一官半职啊！我都替他着急。

朋友说:“人是好人，胆子小得很，现在这个年头，胆子不大，工作没法做嘛。”

我问:“他老婆呢?”

朋友说:“他老婆是司法局副局长，比他混得好。”

我接着问:“他老婆是哪一个?”

朋友接着说:“丁宜兰，你认识呀!”

他俩还真成了。

过了几天，我约了杨丽英，让她叫上张伟一起来我酒馆里吃饭。

杨丽英不再苗条了，女人身材一胖，就老了很多。不过，她还是很热情的样子。只是和以前比，显得啰唆了很多。

我问张伟，怎么不带上老婆一起来。

张伟还没有说话，杨丽英抢先说:“他那个丁局长忙得很，从来不和我们一起耍。”

张伟大约不想让我对他老婆有误解或者不良的印象，就急忙补充了一句:“她不会打麻将，所以她很少出来玩。”

我转移了话题，问他孩子多大了。

一提孩子，张伟脸上的表情放松了许多，他眯着细眼慢条斯理地说:“我儿子 13 岁了。”

我想不出有什么要说的，于是就转移话题，聊了聊其他的。

那个夏天，我和张伟见面的次数不算少。时不时地，我就叫他来吃饭，或者晚上打麻将。他话不多，多喝了几杯酒，话才多起来。我们兴趣相投。他乐意给我讲讲这个县城官场里的人物和他们之间的关系，告诫我不要得罪了谁。而对我来说，刚刚离婚了，心里难受得很，只有他从来不多问，陪我就是单纯地喝酒，从来不会强行劝慰我。大多数时候，过分同情与宽慰会让心情不好的人更加难过。或许是他不善于言辞，或许是他天性善良，在这一点上，我很感谢他。

有一天，他跟我说，他要邀请他儿子的老师吃饭，要我给他准备一间包房。他儿子很高大，高出他半个头。他老婆也来了。

张伟介绍我时，丁宜兰看看我，微笑着说："听张伟说起你，你经常照顾他，麻烦你了。"

她说话很周到。

她一头齐耳的短发，穿了西装，很干练利落。我不明白为什么大部分女领导干部都把自己的头发剪得很短，而且露出耳朵，将发尾收在耳后，看起来很老气的样子。

丁宜兰转身对张伟说了句玩笑话："以后你喝多了，我晓得在哪里找人。"

张伟笑了笑。不一会儿老师来了，我就不再打扰他们。

小酒馆的生意不温不火。来这里的女人们大多穿着讲究，好像准备随时讨好别人。男人们派头十足，春风得意。

我们这里的人都喜欢大声说话，酒馆里总是吵吵嚷嚷的，有趣的是，有些食客，即使大家在同一个桌子上，所谈论的话题也难以统一，总是各说各的。他们聊天的内容，无非是国际与国内形势、明星的八卦、自家孩子学习如何、升迁、房子、最新的电影，以及县城里的新闻等。像这种寻常话题，他们仿佛永远也谈不完似的。这倒让我的酒馆总是人声鼎沸，异常热闹。这令我无端地高兴。

有时张伟会跟着其他人一起来吃饭，显然，他总是有些无话可说，像很有礼貌地听人家讲话。他给人的印象：比这个县城里其他公务员懦弱些，内敛些。他的脸过早地发福，总是一脸敷衍的笑容。长得有点帅，五官端正，胡子刮得干干净净，头发细软，剪得很短，眼睛细长，有一点点往外突。很明显，他不会社交，他忠厚老实，甚至枯燥乏味。但他温和的性格又让他结交了各种各样的朋友，看得出来，这些朋友，大多是和他一样一事无成或者仅仅小有成就。

小小的县城，是很热闹的。每个季节都有不同的食物和休闲的方式。重庆的夏天酷热难耐，稍微凉爽的秋天一到，大家都忙着去周围的农家乐，带上家人，约上朋友，摘摘水果吃吃农家菜。我的酒馆生意自然清淡一些，因此我也会跟着朋友去农家乐玩玩。巧的是，有一次去农家乐，与张伟不期而遇。当然，他并不是一个人来的，而是与妻子、儿子以及父母一大家人一起来的。他跟在父母后面，安排钓鱼，忙着准备鱼饵鱼篓，还跑来跑去拿装葡萄的盆子。我看他又热又累。于是，我就提议，我们先喝点儿啤酒，他欣然接受了。

我猜，张伟很高兴我邀请他一起喝一点儿，特别是在他家人面前。我笑着和他们开几句玩笑，他们并不感到拘束，高高兴兴和我说这说那。

日光渐沉，夕阳西下，当他们离开的时候。我有点落寞，对他们这样其乐融融的大家庭生活滋生了羡慕之情。

他们说一些老套的玩笑话，却笑得很开心。张伟是算不上聪明的，他老婆却有些深不可测。她一直在指挥张伟这样那样做事，张伟并没有反驳。这是一个平常的家庭，老实的甚至有点无趣的丈夫，强势且上进的老婆，或许他们并不那么和谐，也没有太大的矛盾。即使有些矛盾和争吵，在外人面前，他们也是一副和睦相处的模样。这世间大部分的夫妻都是这样的吧，普普通通且井然有序。而我呢，总有一种打破常规的冲动，使前途充满了未知，这种不确定性让我对未来充满了向往。

有一天，大约是在秋天，我在打麻将，接到张伟的电话，要马上见面，很急的口气。我心想，“没见过大事的人，遇到一点儿小事就慌里慌张，不知怎么办好。有什么事情，能够让他这样着急呢？”

见他到了，我急忙问：“怎么啦？到底出什么事情啦？”

显然，他太紧张了。我让他喝水，他不喝，反而点着了一支烟，他狠狠地吸了口烟，才开口说话。

张伟张口问我：“林雨吉，你知道吗？”

林雨吉？我在记忆的箱柜中死命地翻腾，说是搜肠刮肚，绞尽脑汁都一点儿不为过，但还是想不起自己见过或听说过这个人。我只能告诉他不知道这个人，也不认识这个人。

张伟有些难以置信地看着我，说：“难道你从来没有见过她？”

听他这样问，我更是一头雾水。脑中的问号接二连三地闪过，我为何要见过这个人？

见我实在想不起来此人是谁，张伟赶紧提示道："你有一个农村的亲戚，是一对老夫妻，有一年他们要去温州，临走时却发现身份证找不到了，于是就找你来帮忙，而你又来找我帮他们办理临时身份证。你想起来了吗？后来，他家自留地被一个养鸡场占用了，因为赔偿的事双方扯皮，也是你让我去帮忙协调的，最后养鸡场赔了一笔钱，还记不记得？"

我："啊，我想起来了，怎么啦？"

张伟："他们有一个女儿，叫林雨吉。"

我："我哪儿知道他们女儿的名字，我连他们名字都不知道。"

张伟："她出事了。"

我："出什么事？"

张伟："好像是死了。"

我："你怎么知道？"

张伟："广州那边给我打电话了。"

我："为什么打你电话？"

张伟："那对老夫妻有个女儿叫林雨吉，林雨吉大学毕业后，刚开始在温州发展，后来去了广州，因为什么事，要我们这里派出所出一个未婚证明，是他父母来找的我，我给办理的。"

我："怎么，办错了？出事了？"

张伟："没有没有，办好以后我给她寄过去的，留了电话。前一周吧，她打电话给我，问了下户口迁移的事，我就简单说了下。我告诉你，我什么也不知道，她打电话给我，我在外面吃饭，很吵，我就随便敷衍了两句，她说具体要办，再来问我，就这样。警方说那是她手机拨出的最后一个号码。”

我：“……怎么死的？”

张伟：“不知道。广州那边希望我去一下。”

我：“这事她父母知道吗？”

张伟：“不知道。我跟广州那边说，通知她父母去呀。对方说，先让我过去，看情况再通知她父母。”

我努力回忆这个叫林雨吉的女孩，却怎么也想不起来，我肯定没有见过她。

张伟：“她父母现在在哪里？”

我：“应该在农村老家。”

张伟：“找一个人问问？”

我：“那是我前妻的亲戚，我和她那边的人早就不来往了。别急，让我想一想，找谁问问。”

张伟：“这事可大可小，我去了怎么处理？我又不能做主。”

张伟焦虑得很，一个劲地抽烟。

我们俩在一个露天茶馆，两把椅子一个竹制的小方凳，两杯清淡的菊花茶，下午四点，茶馆里有很多人，我们把椅子移了移，与其他人距离有两三米远。

我问他广州那边还说了什么，他看了看我，没有多说什么。

我相信他说的话。这个消息与其说令人困惑，不如说让我更感兴奋。那些日子，我的生活乏味得很，天天喝酒让我习惯了没有比每天晚上吃饭更重要的事情了。这事让我有点惊讶。

其实，张伟问我林雨吉父母的事，我是一无所知，我还不如张伟了解的情况多。

他很不满意，觉得我是不是隐藏了什么。我终于想起来一个亲戚，当场打电话给他。

张伟在电话打通的那一刻，嘱咐我："千万不要说林雨吉出事了，先问问他们具体情况。"

这个亲戚告诉我们一些情况：林家非常穷，为了供女儿上学，更是耗尽了所有钱财，每年春节都是其他亲戚送点东西才能勉强过年。女儿很争气，考上了一所不错的大学，具体上什么大学，他也不知道。林雨吉工作后，夫妻俩就经常去女儿那里，很少在农村待着，说是女儿很能赚钱。前一年他们突然回来后，就再没有出去了。一个月前，有人还看见老两口在镇上的茶馆里打麻将。

张伟一个劲地给我使眼色，唯恐我说漏了嘴。他用手机打了两个字：结婚。我明白了他的意思。我问那个亲戚，对方说没有听到林雨吉结婚的消息。

出了这样的事，张伟慌里慌张的，显然觉得这是徒增麻烦，过了一会儿，他稍微冷静下来，我和他商量怎么办。

张伟："我和她一点关系都没有，我为什么要去？"

我："那你不去，谁去？广州那边说了吗？"

张伟："只说要我去。"

我："是不是怀疑你？"

我脱口而出。

张伟："怀疑我？我啥都不知道。"

他急了。

张伟："那我不能去，不能去，这事我不管。"

我："假如，假如啊，警方怀疑你，你如果不去，不是更说不清楚？还有，他们会不会给你单位打电话？"

我觉得他当警察当得太闲了，难道他不是司空见惯了这些事情吗？这事放在别人身上，惊慌是理所当然的。而他一个老警察遇到这种事情，不应当如探囊取物一般轻松？

我绝对相信他和林雨吉这事一点儿关系也没有，抛开他的职业不说，仅凭他的脑子也干不出这一类的事来。

他听我这么一说，他挺直了背，往烟缸里抖了抖烟灰。

张伟想了一会儿，觉得自己应该去广州，并且沮丧地说："这事千万不能让别人知道，否则就麻烦了！"

我也明白，这事不能声张，只能悄悄去，到了广州了解完情况就回来了。至于其他事，应该通知林雨吉的父母去办理。

不过，张伟去广州，来回怎么也得需要五天的时间。因此必须向单位请假，而且还要告诉家人。单位请假好说，可是他老婆那里不好交代。怎么给他老婆请假呢？我想了想，就给他出了个主意，让他跟他老婆说，说我云南有些事需要他帮忙去处理下。

他点了点头，算是同意了。然后，他就站了起来，拍了拍身上的烟灰，回局里去请假了。我知道，张伟是一个老实巴交的公务员，没什么外快可捞，不多的工资也都在他老婆手里。平时，他抽烟多少都要掂量掂量。所以，我就决定帮他订机票，晚上他来酒馆吃饭时，让他顺便把机票拿走。

一个人去广州，人生地不熟的，我在广州也没有朋友，但是我朋友杨冰曾经在那边待了很多年，后来杨冰跟我一样，又回到重庆这里发展。我想，杨冰在那边待了很多年，应该有很多朋友。于是，我就请杨冰晚上过来吃饭，看看他在广州警方有熟悉的朋友吗？

晚上，张伟到酒馆的时候，已经快 7 点了。此时，我和杨冰与小毛已经开始喝起酒来。见他来晚了，我赶紧让他坐下，并将他们一一做了介绍：“这是张伟，这两位是杨冰、小毛。”

杨冰 50 多岁，身材高大，脸色红润，头发油亮，是个生意人。他以前在广州做服装生意，前两个月才回到县城来，准备在这边开个厂。

小毛是他的跟班，杨冰走到哪里，小毛就跟着他去哪里，显得他有派头。

张伟客气地与他们握了握手。然后他就坐下了。于是，我们就开始喝酒。张伟说自己迟到了，先自罚一杯。说完，他就端起一杯白酒一饮而尽。

几杯酒下肚后，大家不那么拘束了，话也多了起来。杨冰说他在广州时，晚上总有两三场应酬，实在是太忙了，还是回来好，能够好好休息休息。现在，很喜欢这样清闲自在的生活。

我点头称是。杨冰又喝了口酒，然后对我与张伟说：“你们要是哪天去广州，我给你们安排得妥妥当当的。我在那边的人脉都还在的。”

记得以前与他喝酒时，他也经常吹嘘他在广州路子很广，就没有他摆不平的事情。说实话，我不太相信他。现在，张伟出了这样的事情，我又没有其他的广州朋友，所以我就看了一眼张伟，我们一起向杨冰敬了一杯酒。

然后，问他：“杨总，那边的公安系统你熟悉吗？张伟是个警察，他要是去广州出差的话，也就是和警察打打交道。”

杨冰喝干了杯子里的白酒，拍拍胸脯，大声地说：“广州这些政府部门，什么区委、区政府，税务、工商，公检法，我都有熟悉的人，就是公安系统没有熟悉的人。你们想啊，我是有背景的人，公安系统的人从来不敢惹，所以就没有跟他们打过交道。不过，我说句话，让领导给公安打声招呼，是太容易的事了。”

我和张伟碰了碰杯，他也看懂了我的眼神，知道今天晚上这顿饭算是白请了。

张伟心里有事，心不在焉地喝着酒。8点多时，他就要走，我送他出来。他低声说，我现在打电话给我老婆，你接下电话，说你有事要我去云南，非我不可，你好生讲哈，她不同意我就去不成。

他那个样子，小心翼翼的。我怀疑，他在公安局这么多年，都在做内勤，没有接过案子。也许，与己无关的事，都不能感同身受。

我在电话里说：“丁局长啊，不好意思，我在云南有点麻烦需要处理，想喊张伟帮我跑一趟，耽搁他几天，行不行？”

电话那边：“张伟那个头脑，比你差远了。你有什么麻烦，也轮不到他处理，你说是不是？”

丁宜兰慢条斯理地讲着。

我解释说："丁局长，哪里的话，张伟比我聪明多了。不过，我这事，还真的是和聪明不聪明没有关系。也不怕丁局长笑话，我和我前妻离婚，有些事没有说清楚，我想拜托张伟去帮我谈下。"

丁宜兰："我们屋头的事他都不清楚。他哪清楚你们两口子之间的事。你怕找错人了哦。再说了，你们两个人之间的事，该你自己去谈更好吧。"

我："我去谈，就只有打架了，不然也不到离婚的份上。"

丁宜兰："那你喊张伟去，他能做啥子呢？"

我："就是商量哈，茶园的分配，大家好说好散，她一直这样闹，茶园也没办法好好经营。"

我看着张伟在旁边紧张得很，这么精明的老婆，不晓得是他的对头还是福气。

丁宜兰听了我的话，就说让张伟接电话。我只好把电话递给了张伟。

没想到，他接了老婆的电话，马上就㞞了，且不打自招地交代说："知道知道。是这样的，李元的亲戚在广州出了事，那边的派出所让我去帮忙处理下……如果能喊她父母还让我去做什么。老婆，我说的全都是实话，没一句假话。"

张伟费尽了口舌，总算是说服了丁宜兰。见丁宜兰答应了，张伟紧皱的眉头舒展了开来。

挂了电话，张伟回头对我说："她精明得很，回头问起我，还是要露馅的。瞒不住的。老子去广州见一下就走，第二天就回来。这件事搞得酒都喝不好，关我啥子事嘛。"

我们约好，他若回来提前给我打电话，我好帮他订回来的机票。

张伟第二天就去了广州。他到了那边，我以为他要给我打电话。直到第二天，还没有他的消息，我就主动打了个电话给他。我问他那边的情况如何。他说了句“一句话说不清楚，等我回来再说”。匆匆忙忙地就把电话给挂断了。

我与他交往这些年，他很少主动挂我的电话，他这是怎么了？这也太不像他的行事风格了。我觉得有些奇怪，但是那段时间，我正忙着装修小酒馆，有很多事情要亲力亲为。于是，我很快就将这件事给忘记了。

直到半个月后，丁宜兰出现在小酒馆。那天，她是和几个女人一起来的，我看见她的时候，才想起来，张伟应该回来了，但是却没有一点消息。我顿时疑惑起来。丁宜兰主动过来打招呼：“李元，你好呀。”

我：“丁局长，你好，和朋友来吃饭呀？我给服务员说一声，服务仔细点，结账时打个折。”

丁宜兰：“不用不用。你忙你的。你亲戚的事处理好了吧？”

我：“嗯嗯嗯。”

我不知道该说什么，就假装在口袋里找烟。

丁宜兰：“不说了不说了，我过去了啊。”

丁宜兰转身走了。

我打电话给张伟，他却没接电话。咦，奇了怪了。于是，我继续打。过了一会儿，他接了电话。

张伟:“李元呀，我这边吵得很，在外面吃饭，晚点儿联系啊。”

我:“好好好，那你吃好饭过来打麻将？”

张伟:“今天就不打麻将了，晚上我值班。”

我:“值班？你还在外面吃饭？”

我直接揭穿了张伟的谎言，我觉得这事很蹊跷。

那头迟疑了一下。

张伟:“今天晚上真的有事。”

我:“那你什么时候从广州回来的？”

张伟:“刚刚回来，刚刚回来。本来想着找你的，回来就很忙，没腾出时间来。”

我:“那个林雨吉是怎么回事？”

那头沉默了好一会儿，我也没催他。

张伟:“有空的时候我来找你，我给你说吧。”

我:“还是我来找你吧。”

对于林雨吉，我并不关心，我不认识这个亲戚。不过，张伟的反常，让我觉得很好奇。

三天后，张伟还是没有主动联系我。我等得有些心急，就主动给他打电话，约他晚上来吃饭。他痛快地答应了，一下班就来了小酒馆。见了面，我就问他:“你从广州回来也不说一声，究竟发生什么事了？你倒是说说呀！”

张伟一开口，就吓了我一跳。他说:“林雨吉死了，死于煤气中毒。”

年纪轻轻意外死亡，这太惨了，她父母恐怕是伤心欲绝。

可是张伟却告诉我，她父母没有去见女儿最后一面，因为林雨吉在死了一周后才被人发现。广州的天气非常热，一周的时间，足以让林雨吉的尸体面目全非，惨不忍睹。发现后直接就被拉去火化了。

对于这件事，我感到难以置信。问张伟："难道你对她的死因没有怀疑？派出所为何不等她父母去？"

张伟说："我怀疑什么，死因派出所都核实过了的。她父母没有去见最后一面，是怕太伤心了！"

我觉得这件事，似乎不是那么简单。张伟继续说，是林雨吉的同学主张不要通知父母的，她认为老人来了广州后会伤心欲绝，一旦想不开，恐怕就会出事。于是，才叫了有警察身份的他过去处理，并拜托他好好安抚林雨吉的父母。

我："就这么了？"

我不太相信。

张伟："那还能怎么样？她同学凑了一笔钱，我送过去的。老人家哭得唉，我不想说了。"

我："你就没有向她父母问点儿什么？"

张伟："我哪有心思问，不过，她同学说，她与父母很长时间没有联系过了，有几个月没联系了吧，春节也没有回来，就打了个电话。她父母说她心狠，不管他们。"

我觉得这事没有那么简单。

我："派出所为什么不通知她父母过去？"

张伟说："她同学考虑周到，怕老人家经受不住这样的打击。

我回来了，找了她父母，那一顿哭呀，我等他们哭好了，问他们怎么办吧，去不去广州，骨灰怎么处理。老两口唉声叹气，我劝慰他们，就说拿回来经常看着也是伤心，就放在广州了。老两口同意了，我才和广州那边打电话，她同学处理的后事。骨灰放在寺庙里，说是她生前信佛。”

我：“她父母就这样放心？”

张伟：“还能怎么样？说是母亲身体很不好，见孩子的骨灰回来埋葬，还不天天哭。不见更好。再说了，老两口原本就没有钱，来回广州，回来埋葬什么的，不得花几万元？人都没有了，以后他们靠谁呀，哪里来钱？”

我：“那你说一下，我出钱呀，也算门亲戚呀，怪可怜的。”

张伟：“那不是事情多，我脑子也乱嘛。没想到你这茬呀。”

张伟平时唯唯诺诺犹犹豫豫的，而这事却是说得清清楚楚、斩钉截铁。我虽然怀疑张伟有一些事隐瞒了，但是却提不出什么问题来。

不过，这世间的事，总有不可确信却实在发生了的事。

我又问了一些其他问题，比如林雨吉住的地方怎么样，在哪个区，有没有男朋友，等等。对于这些问题他倒是回答了，但看他简短的回答，不想细说的样子，我就不再问了。估计他并没有深入去了解相关问题。

很快，我就忘记了这件事。直到大半年后，张伟又给我打电话，急吼吼地问我在哪里，他马上来找我，我吓了一跳。我不明白他要干什么。他说，要跟我说件事。可是，我们前几天还一起喝酒，并没有什么事情可谈的。

15 分钟后，他就到了小酒馆。还没有坐下，他就急忙说：“林雨吉的同学找不到了。”

我完全不明白他在说什么：“什么林雨吉的同学？”

张伟：“就是林雨吉在广州的同学。”

我：“找不到是什么意思，什么乱七八糟的，你从头说。”

张伟：“林雨吉的父母给我打电话，说想来想去还是要把林雨吉接回来。我心想，老两口这样想，是理所当然的，那就接吧。我就给林雨吉的同学打电话，跟她说下，该怎么办。没有想到，她手机关机了。”

我：“手机关机也正常呀。等等再联系嘛，有什么大惊小怪的？”

张伟：“肯定不正常，你得去一趟广州。”

我：“我去广州？”

张伟：“是呀，去弄明白这怎么回事。”

我没有想答不答应，我对这事充满了好奇。有时间我去问一问也没有什么要紧，万一是他瞎想呢，也算了他一个心结，我倒是有些兴奋，希望有些事情发生。

“我不清楚情况。”我对张伟说，“除非我知道整个情况，不然很难办。为什么你不自己去找呢？”

张伟：“我请不到假，你晓得我们现在管得很紧，不要说休假，就是周末也是经常上班的。”

“真是意想不到。”张伟说，“我当初就觉得有问题，应该要求去看看的，怎么也想不到，她同学会这么不靠谱。当然，我也有责任，当时没有坚持去现场看看。哪里晓得她们会骗人呢？而且，派出所也打了电话的。”

“你知道从哪里能找到她同学吗？”我不知道该怎么讲，只说些废话，“她同学是谁？”

“我哪里晓得，太奇怪了。这是人命关天的事，看她同学的样子，老老实实的。这一下，突然找不到人了，刚开始我还以为，是不是正好有事，过几分钟就会接电话的。现在，电话一直是关机的，一个人的手机不可能一直都关机，太不正常了。”

我安慰他：“也许正巧是换了手机号码呢？”

张伟说：“这社会没有那么多碰巧的事，必有原因。”

张伟焦躁起来，不一会儿，他又平静下来：“关我啥子事嘛。找不到就找不到。”

“不管怎么说，也算是我的远房亲戚，不要让人家说闲话。”我递给张伟一支烟说，“我还是去一趟广州，再决定怎么办。”

张伟：“你打算怎么办？”

我：“嗯，首先是找到人。我亲自去广州走一趟，肯定能把人找到。她同学曾经提过她以前的工作单位吗？”

张伟：“只字未提。”

见事情变得复杂，我有些烦躁，这其中有什么问题，我不明就里。这时，我刚认识的一个女人，于晓静过来找我，她单身，身材妖娆，我对她有点意思。她来约我打牌，我赶紧结束了和张伟的谈话，殷勤地跟着她走了。张伟在后面哎了两声，想必是要叫住我，我却没有回头。

第二天，张伟打电话来，说要见一面。晚上的时候，我在小酒馆等他，泡了一壶红茶。

他来的时候，外面下着小雨，他没有打伞，头发上是闪闪发光的雨珠。

我问他："吃饭了吗？"

张伟："没有。"

我："边吃边说吧。"

张伟："你什么时候去广州？"

我："就这一两天吧。"

张伟："你去了怎么找？"

我："先去派出所，再看情况。"

张伟："你一定要早点去呀。"

他的催促，让我感觉很惊讶。

我："你当初去广州，是不是隐瞒了什么？"

张伟："林雨吉不是意外，是自杀的。"

我："什么？那你怎么不早说？"

我太惊讶了，喝下去一大杯酒。

张伟："她留了一份遗书，说不要告诉她父母她是自杀的。所以，当年就不让她父母去广州。"

我："广州那边的警察让你这样做的？"

张伟："不是，是她同学。她的两个同学都说要尊重她的愿望。不要让她父母知道实情。"

我："那你就听他们的了？"

张伟："我当然不同意。我让他们通知她的父母，他们给我看了她的遗书。"

我："遗书上写了什么？"

张伟："林雨吉叫她们联系我，说我答应过她，有事愿意帮忙。"

我："你答应过她什么？"

张伟："之前她来找我开证明的时候，她问我以后有事是不是可以找我帮忙，小姑娘瘦瘦小小，说话声音细声细气，怪可怜的。我就说我愿意帮忙的。我就那么随口一说，她就记下了。我只好答应啊。"

我："那你得看什么事呀。"

张伟："这人家说得有道理嘛，人没了，老人家身体不好，说自杀，更让她父母伤心不是？"

张伟："现在想起来，情况有点不对劲。"

我："怎么不对劲？"

张伟："她同学来机场接我，直接去了宾馆，给我看遗书，问我怎么办？"

他继续说："我问，人呢？他们说死了。"

我："等等，他们？一共几个人？"

张伟："两个人，一男一女，女的说话多，男的就没怎么说话。对，我完全不记得那个男的说过话，打车、买单、拎包什么的都是这个男的在做。"

张伟："我又问尸体在哪儿，他们说发现得太晚，广州天气热，已经火化了，骨灰盒在殡仪馆。"

我："你没去派出所？"

张伟："没有去。"

我："你一个警察，难道就没一点儿常识吗？"

张伟："我准备去的，打电话去派出所了，我问派出所说关于自杀的那个女孩，我说我想知道下具体情况，派出所的人说当时出现场的警察不在，让我第二天过去。大致的意思是这样的，广东普通话听得费力。"

我："那你第二天没有去？"

张伟："我要通知她父母来，她同学说，和我达成一致，就说林雨吉是意外死亡，以免老人伤心，我觉得对。然后他们恳求我照顾老人家，且劝说他们不要来广州，以免出现意外。我当时并未答应，我同意回去后征求她父母的意见再做决定。如果她父母坚持要来广州，我就辛苦一点，陪她父母来广州。第二天我就回来了，并去找了林雨吉父母。"

张伟继续说："我找了她父母，我千辛万苦准备个说法，我叫了我老婆陪我一起去的。万一有啥子意外呢，万一哭得昏天黑地的，她好帮我劝哈。我就说了一句话，他们就开始哭，一边哭一边骂，说命不好。他们哭了十几分钟，就问怎么出的意外，有没有赔偿。我按照她同学交代的说的，她忘了关煤气。不怪别人。他们又是一顿哭一顿骂，她爸不相信，拿起手机打电话，当然打不通嘛。之后，他们还是哭，还是骂，我看他们很不相信，就让他们给她同学打电话，打完电话，就又开始哭。弄得老子也哭了一场，劝阻他们不去广州的话都说不出口。我给老人家说，我给他们买机票去广州，老人家说要得，我让他们收拾一下。买好机票，下午就走。”

结果呢，下午的时候，我去接他们，他们却说不去广州了。老子本来很伤心的，一下子惊到了，反而不伤心了。问他们怎么了，他们说人都烧了，去了也看不到，带回来埋到这边，看到伤心。不如一了百了，就放在那边算了。我见他们态度这样，就只好给她同学打电话，她同学说老人家打过电话来了，同意不来广州，事情交给他们处理。说他们同学自发成立了一个小组，每年给老人家寄钱养老。

我:“就这样?”

张伟:“啊，是呀。”

我:“那你觉得哪里不对劲?”

张伟:“林雨吉在自杀前的一个月改了名字。一个要自杀的人，怎么会突然改名字?”

我:“自杀也不是蓄谋已久，临时起意，冲动之下自杀，那不是很常见。”

张伟:“但是她改名叫王兰”。

我皱紧了眉头:“王兰?”

张伟:“这是不是不对劲?她母亲也不姓王，外婆姓王。改了姓也就算了，叫王兰，非常普通的名字，全国不知道有多少人都叫这个名字，就好像我的名字，全国有几十万吧。改名应该叫一个更好听的，她却改了一个普通的。你说这奇不奇怪？”

我：“是很奇怪。肯定有问题。”

张伟：“我百思不得其解，唯一的解释是不是纪念谁？”

我：“不管怎么说，她也算是我远房亲戚，不想让人家说闲话。我还是去一趟广州，再决定怎么办。”

我递给张伟一支烟。

“她家算你的什么亲戚？”

张伟问我。

我从来没有跟张伟说过我家的事，男人之间没有那么八卦。

我拿了一瓶五粮液，两个人对着喝，很快，我就喝得有点多了，我的酒量越来越差了，我有些语无伦次地说起我的前妻。

“她是农村的，爸爸妈妈在广东打工，她从小是外公外婆带大的，高中毕业后，在收费站当临时工，我那个时候还在当司机，经常经过收费站，她长得漂亮，一来二去就好上了。那个时候，她对我是掏心掏肺的好，我是饭来张口衣来伸手，连袜子都没有洗过一双。”

张伟不说话，端起酒和我碰下杯，只管喝。

我：“她好看嘛，我给她买衣服买首饰，她打扮得漂漂亮亮的，我天天带她出去吃饭，我觉得很有面子。本来我们两个人感情还好的，我去云南，她也跟着一起去的。”

张伟只是点头，也不说什么。然后，他抽着烟，听我说。

我：“小孩大一点儿要回来读书，她带着小孩先回来了。她和我爸妈关系处得很紧张，后来，他们之间干脆完全不说话不来往了，我们因为这事经常吵架，吵烦了就离了。”

“她和你爸妈因为啥子事合不来呢？”

张伟问了一句。

我：“哎呀，你晓得噻，我家里条件还算可以的，结婚后，她家很多亲戚经常来找我，一会儿是借钱，一会儿是办事，农村亲戚说话直来直去，求人办事还提各种要求，如果事情没有办好，就来家里说三道四，我爸妈就让她不要跟这些亲戚来往了。她说我们家看不起她。有一回，有个亲戚来找我爸妈办事，我爸妈没有答应，那个亲戚跑到我爸单位去闹，说我爸心肠黑。我妈气得进了医院，就对她说，永远不准她的亲戚踏进我们家。自这件事发生以后，她就不回家了。过了半年，我们就离婚了。”

“你就没挽回下？”

张伟问。

我：“挽回？我找她，她说她父母在外面打工，年纪大了，以后要回来，还要她来赡养。她说她父母要和我们住在一起，我爸妈答不答应？我说不出话来。”

我又喝了一杯酒，声音有点嘶哑了。

我：“她一点儿也没有站在我的立场为我考虑，没一句解释。”

张伟：“女人就是女人，不可能站在男人的角度说话。你也没有站在她的角度说话嘛，都一样。”

一提起以前的事，我就有几分气愤，也不知道是生谁的气。

张伟：“过去了就不要烦了，你现在好自在。”

张伟劝慰我。

这么长时间了，我爸妈和我之间总是疙疙瘩瘩的，他们催我再找一个，可是再找一个哪有那么容易的。

张伟："那个于晓静对你多好，我看你们关系不错。"

我："她呀，长久不了。没有正经工作，这样的女人能正经？要不得。"

张伟笑着说："没想到，你还是传统思想。"

我："我不是说公务员啊老师啊医生啊才算正经工作，有一个正儿八百的事情做，就行。她一天就喝茶打麻将逛街，这种女人，就算长得再好看，也不能要噻。"

张伟："那你还和她在一起。"

我："我没和她在一起，是她要和我在一起，这个是有区别的。"

张伟也不说啥子了，就喝酒。

我："扯远了。"

张伟："对头，说你亲戚。扯到哪里去了哦。"

我继续说："这个亲戚就是我前妻的远房亲戚，也不晓得是啥子关系了。不过，这两口子老老实实的，平时不怎么来往，就有一年，林雨吉考上大学，我前妻送了500元钱，两口子拿了些蔬菜鸡蛋过来感谢，这才见过一面。后来，他们有点小事，来找我帮忙，我不是托你办的嘛。"

我："听我前妻说起过，好像林雨吉大学一毕业，两口子处境就变了好多。以前都老老实实在家里种地，林雨吉一毕业，他们就搬到镇上去住了，这，只有一种可能，女儿有出息了。"

张伟："刚毕业的大学生，没得几个钱哦，能养活自己就差不多了。"

我："我哪里晓得，只是听说，林雨吉上的是名牌大学，长得又好看。毕业找了份工作，工资不错的。"

张伟："我到广州的时候，问过林雨吉在哪里工作，她同学好像没有说，也许说过，是我不记得了。但有一点，我问过，她有没有男朋友，她两个同学都异口同声说没有。我当时觉得很惊讶。像她这样优秀的女孩子应该有男朋友的。她同学后来还补充说，他们没有见过她有男朋友的。现在想来，也许他们隐瞒了什么。"

我沉默了一会儿，抽了半支烟："还是要去一下广州的。不管怎么样，都要给老两口一个交代。"

我们在房间太久了，又抽烟，一屋子烟味。有人敲门，我犹豫了一下，去开门，是于晓静，说是打我电话没接，问我要不要去打牌。张伟看了看我，我若无其事地挥了下手，于晓静冲着张伟点了点头，张伟招呼也不打，转身就走了。

"张伟今天有点怪。"

于晓静说。

我："他工作上有点急事需要处理。"

于晓静："工作嘛，不算啥子事。"

我："那是你不上班，不懂。"

于晓静："我是不懂，规规矩矩上下班，太不自在了。"

我听见外面声音很大，对于晓静说："你坐一会儿，我去看看。"

于晓静："有个客人，说是没有给他打折，在闹，那个小王正在处理。我刚进来的时候看到了，你就不要出去了，小王说你不在。"

我："她哪里会处理。"

于晓静："小王机灵得很，我听见她说已经结账了，不好退，给他送了一箱饮料。饮料不好搬，说是下回来喝。"

我又坐下，发了个消息给小王，叫她处理好了告诉我。

我拿了些钱和几包烟，跟着于晓静去了她朋友新开的茶馆。茶馆刚刚装修好，油漆的味道很浓，我打牌，于晓静在旁边看着，和她几个朋友聊天。我坐了半个小时，头晕得很，不想打了，就对于晓静说："我先回去了，你来接着打。"于晓静很不满意的样子。我就对她说："过几天我去广州，你跟我一起去嘛，有没有时间。"她几个朋友发出几声哦哟的声音。于晓静笑了笑："要得嘛。"于晓静自己开了一个美容院，她妈妈天天在店里帮她打理生意，她自己闲得很。

过了几天，于晓静问起广州的事，我有点不耐烦，这事她还真惦记上了。

我："就这两天，你把身份证号发给我，我好订机票。"

"要得。"

于晓静喜滋滋的。

我搞不懂她，去广州有啥子兴奋的。其实，我应该明白，一个男人带一个女人单独出去，对于女人，影响是重大的。他们以此来证明彼此的关系更近一步。一想到这一点，我心里有了一点阴影。

三

对于林雨吉在广州的事情，我一无所知，怎么去弄清楚这件事其中的蹊跷，我完全没有想过。不去广州，心里过意不去，去了，如果没有什么结果，那就不是我的能力所及。但是张伟说，她同学非常可疑，很有可能林雨吉的死与她同学有关。

“像她这样的年龄，有大好的前程，”张伟说，“不可能自杀的，我当时太轻信他们的话了。”

他感到非常懊悔。不过，他的懊悔是短暂的。毕竟，这只是与他毫不相干人的事。

“去派出所询问当时的情况，一定留有资料，她同学的工作单位、身份证、电话等，都应该有记录，派出所当时的处理也应该很详细。一定有蛛丝马迹暴露出来。”

我去了广州，一开始怎么办，张伟给我一些提醒。甚至，派出所可能问什么，我应该答什么，他按照他们的问询习惯也和我说了。

“你最好去了就了结这件事，也许就是自杀，她同学嫌麻烦，不想出面，你去了以后，找到林雨吉的骨灰，带回来就完事了。”

张伟一副急于处理得干干净净的样子。他是一个不想惹麻烦的人。

看得出来，他希望我来解决掉这个问题。其实，他也可以不管的。正是这既可以不管又不能完全放下的关系，让他有些烦躁不安。就凭这一点，我觉得他终是不能成大事的人。

尽管我对广州之行疑虑重重，但是有于晓静同行，我还是一副高高兴兴的样子。于晓静并不知道我去广州的真正目的，除了知道我去广州办事，其他事她一无所知。现在，我从容地思考了一下这件事。我发现，张伟的行为有些不可理解，他是一个警察，当时怎么会草率了事，这让我疑惑不解。不过，他的胆小与怯弱又让我觉得他这样的处事方式理所当然。至于林雨吉，我更无从说起，一个从来没有见过面的亲戚，她是怎么样的，她的死亡原因，我完全不能判断。她的同学，我也仅仅是从张伟的描述里略知一二。我不解的是，为什么派出所通知她的同学而不是通知她的家人，这其中有什么奥秘？

一到广州，我就跟于晓静说，她自己去逛逛，我先去办事。我决定，第二天就去派出所。我打车去了派出所，越接近目的地，我越有些兴奋。派出所在一个崭新的五层建筑里，没有想到，当我说我要进去找警察问点事情时，门卫却不让我进去，他问我找谁，我说不出来。我说我要打听5年前的一桩自杀案，问下具体情况。门卫面无表情地说："不行，你打电话问清楚是谁。"我反反复复跟他说，还是不行，几分钟后，我彻底失去了耐心，我很生气。 我说，是不是我要在派出所门口打110你才让我进去。听我这么说门卫终于起身，打了个电话，让我去201房间。这时，我发现其实这事真有点莫名其妙，自杀案过去这么久了，怎么找呢？我想，我进去问问，即使没有什么结果，回去也有个交代。我也算仁至义尽了。和于晓静在广州玩两天，就权当是旅游了。

201房间在2楼的尽头，门敞开着，我没有看到人，直接走了进去。

“找谁啊？”

一个温软的声音从我背后传过来，我吓了一跳。回头一看，一个穿着警服的中年男人手上拿着一沓资料，走了进来。

我：“你好你好，我来是有事要咨询的。”

“你找谁？”

警察打断我。

我：“我也不知道应该找谁。是这样的，5年前，你们这里有一个女孩子自杀了，叫林雨吉的。我想了解一下情况。”

警察：“你是她什么人？”

我：“我是她亲戚。”

警察：“亲戚？”

我：“我受她父母委托来了解情况。”

警察：“你想了解什么情况？”

我：“是这样啊，警察同志，当时她自杀了，你们通知了她手机通讯录上的联系人，正好那个人也是个警察，他来了你们这里，但是呢，他并没有来派出所，这个自杀的女孩的同学说由他们处理后事，这个警察就回去了。他们同学把她安葬在广州了，现在，这个女孩的父母想把她带回去安葬，但是却找不到她的同学了，就想来派出所找一找她同学的联系方式。”

警察：“派出所怎么会有她同学的联系方式呢？如果她是自杀的，确定是自杀的，就通知家属，火化，领走骨灰。”

我继续问：“那谁领走你们也不核实下？不留联系方式吗？”

警察：“有签字。”

我：“能帮我找下当时的签字吗？”

警察：“不好找。”

中年警察忙着翻手上的资料，头也不抬。

我：“麻烦您了。我从重庆过来，专门为了处理这事。”

我递过去一支烟。

中年警察把烟推开：“这里不能抽烟。”

我：“警察同志，麻烦帮我找找可以吗？她父母年纪大了，想领她回去。”

警察抬头看了我一眼：“不是直系亲属签字，怎么能领走骨灰？如果不是她父母，就是她丈夫签字领走。你不要在这里说了，回去问。”

我大吃一惊。张伟没有提到这一茬啊，难道是他忘了还是他不懂，不应该啊。

我：“警察同志，她父母肯定没有来，她也没有结婚。是不是她同学可以领走？”

警察：“再跟你说一遍，只有直系亲属可以领。”

我：“那你能不能帮我看看，当时是谁领的骨灰？”

警察没有理我，开始打电话，在通知、安排开会的事情。

我开始觉得这事有些不妙。我在一边暗暗思考怎么办。等那个警察打完电话。

我："她父母的确不知道她安葬在哪里，年纪又大，如果他们自己来，哭哭啼啼地来你们这里，也不好，是不是，我能帮他们就帮他们。"

警察看了看我，皱着眉头："你去找所长吧，他在3楼。"

到所长那里，我发现，所长比刚才的警察好沟通，他问了名字，我告诉他林雨吉或者叫王兰。他叫了一个小警察去查，让我在隔壁办公室等着。过了没多久，小警察就来说："没有查到林雨吉和王兰自杀的报警记录。"

所长："你回去吧，这里没有。"

我呆住了。这事难道是假的了？

我看看也到中午了，就决定走了，出了派出所，我就给张伟打电话。我先问张伟，她同学不是直系亲属，怎么能处理她后事？

张伟："我回来的时候，她父母说不去广州，就写了一份委托书，我们这边盖了章传过去的。"

我松了一口气。事情不是我想象的那样复杂和阴险。

我："这边派出所找不到自杀记录。"

我："派出所找不到记录也正常，那么多案子，我们有时也找不到记录。"

张伟："那这事，就不好找了。"

我："那怎么办呢？"

张伟停了一会儿，说："你等一下，我一会儿给你打电话。"

过了大约10分钟，张伟给了我一个地址。地址在珠海区，我打了车过去，目的地是一栋半新的高楼，旁边是一家商场，门口有很多打折促销的宣传条幅。地址上写的是7楼，我上去之后，正对着7楼电梯的门敞开着，半圆形的前台后面有一块牌子：吉祥有业国际贸易公司。前台没有人，我走进去往里面张望：一个个用蓝色挡板隔开的办公位，大约有十几个人在埋头工作。对面有两间用玻璃隔起来的办公室，里面有办公桌，几把椅子。最里面有一个大房间，宽阔的推拉门紧闭着。走道上有一排沙发。左边有两个小房间，也是用玻璃隔起来的，百叶窗帘半拉着，房间里好像堆了很多东西。有一个年轻人抬头看见我，但很快就又继续低头在电脑前，并没有搭理我。我在想要不要走过去问问，这时最里面一间办公室的推拉门打开了，一男一女边说话边往外走。女的高高瘦瘦，戴着眼镜，皮肤有点黑，大约三十四岁，穿了一套灰色的西装裙，裙子的长度正好到膝盖。男的是一个年轻人，白白净净的，满脸笑容，穿着皮鞋和短袖。

不知道为什么我有一点儿紧张，我要故意装作轻松的样子。等他们两人走近了，"李祥玲在吧？"我问。"她现在不在，你找她什么事？"我心里有点兴奋。一时说不出话来。

女人见我不回答她的回话，停下来。我来找她，确实没有想好怎么说话，因为我本不指望能找到她。

我："我找，找她有点私事。"

我结结巴巴地说。

“你给李总打电话吧。”

女人说了一句，继续往外走。

我：“好的。你们洗手间在哪儿？”

女人：“出门左转，走到头。”

我赶紧说：“谢谢！”

从洗手间出来，我发现，公司前台还是没有人。我下了楼。我给于晓静打电话，问她在哪里。于晓静说她在酒店，我让她找个附近的餐厅，我过去和她会合。

她找了一家热气腾腾的茶餐厅，下午一点钟，里面人头攒动。我到茶餐厅的时候于晓静已经等在那里了。我们在一个小小的桌子前坐下。对于这些广东的美食，我还是很喜欢的。汤盛在厚实的瓦罐里，慢慢地冒着热气，勾起了欲望，欲望是这人世间最美好的存在。

我和于晓静慢慢地吃着午饭，餐厅里还是人来人往，一层层的烟火气息。

吃完饭，我送她回了酒店，然后去找李祥玲。

她的办公室很拥挤，有一股淡雅的檀香味，可能是点了熏香。我走了进去。这是一个大约10平方米的房间，两面有柜子，里面摆满了各种生活用品的样品，餐具、厨房用具、收纳盒、洗浴用品、储物搁架等等将房间挤满了。地上还堆了几个箱子。一张长长的办公桌，一把厚重的沙发椅，一把单人椅，一个两人沙发，一个铺了红色带细条纹桌布的小茶几。我坐在沙发上，李祥玲用猜疑的目光打量我。她穿着修身的灰绿色连衣裙，脸上画了很精致的淡妆。她一言不发，我自报家门。

“我从重庆来，是林雨吉的亲戚。”

我慢慢地说，看着她。

“你来找我做什么？”

她没有对我的话做出任何反应，就好像并不认识林雨吉似的。

她端起旁边的水壶，倒了一杯茶递给我。

“她父母想把她移回老家去。”

我很简短地说。我甚至希望她一口拒绝我，我就可以回去交差了。

“你明天再来吧。”

李祥玲很平静。

我有些不知所措。

“今天我有事，不能接待你。”

我看不出她在躲避，她的话也让我无法反驳。

我莫名其妙地出了门。我不确定我明天还要来这里干什么。

回到酒店，看见于晓静的时候，我暂时忘记了这事。她穿了柔顺的米白色丝绸衬衣，领口系着长长的飘带。大朵大朵的红色玫瑰花黑底裹身半裙，长及小腿。她身材曼妙诱人，唯一不足的是她染的浅棕色的头发，卷曲干燥，有点营养不良。我半搂着她，进了一家有点奢华的香港餐厅。我从来没有想过要和于晓静天长地久，但不妨碍我现在想拥有她。

第二天下午，我又去了李祥玲的办公室，我很确定这件事有蹊跷，我充满了好奇心，我想去看看这件事怎么收尾。

“你问吧。”她说。她穿了件白色T恤，宽松的七分裤，白色的平板鞋。她和昨天的形象完全不同，尽管脸上还是精致的妆容。

这样的穿着让人放松些。我看了看自己，又看看她，指了指自己的衣服：“今天我俩撞衫了。”

我穿了白色T恤，宽松短裤，白色休闲鞋。

她笑了一下，没说话。

我想缓和一下气氛。

在这个小房间里，她衣着随便，神态自若。我不知道，我将听到什么样的回答。

我：“我是受到了林雨吉父母的委托。”

李翔玲：“你远道而来，我应该请你吃饭的。”

我：“客气了，实在是没有必要。”

她从桌子的下面，拿出来一个烟缸，推到我面前：“可以抽烟。”

她大约从我的手指看出我抽烟的吧。

我掏出烟来，看了她一眼，将烟递给她：“您抽烟吗？”

她迟疑了一下，接了过来：“好久不抽了。”

我拿出打火机，示意给她点烟。火光闪过她脸上浓重的粉。她点上烟，拿在手上捏了捏。吸了一口。

“哦，我已经几年没有抽烟了。”她说。

这时，可以看见外面办公室有人走来走去，胖的瘦的鲜艳的黑色的都有。这，有点影响我集中精力说话。

“广州你熟吗？”她问。

“不熟。这是我第一次来。”

“你怎么找到这里的？”

“从你的电话号码。”

张伟让他的同事在网上搜了一下她的电话，恰好搜到他们公司曾经的招聘广告，联系人是这个号码。

“我想，我还是说说，为什么来吧。”我不想绕圈子，只想尽快结束这对话，管他结果是怎么样，我都可以交代了。

她嘴角往上撇了一下，有些轻蔑的样子，“我知道，早晚会有人来问的。”

“那你清楚我来干什么了？”

我一路上想好的措辞，以及表达的悲凉情绪，都没有了。我突然失去了耐心。

“你只是想对林雨吉的父母有个交代，对吧？”她说。

“是的。”我回答。

“那好，你就说，要搬移骨灰既要花钱，又不吉利。这样，你回去吧。”她说道。

我很惊讶。

我问：“不跟我说说一些情况吗？”

她：“没有什么情况。”

烟雾掩盖了她说话的神情。

我：“这样对林雨吉的父母太残忍了吧？”

她摇摇头，笑了："有一点。"

我："那就迁移回去，钱由我来出。"

李祥玲："你想端着她的骨灰回去？"

我愣住了，这个问题我确实没有想过，但是显然，我是不愿意这样做的，没人会愿意做这样的事情，特别是对我们这样做生意的人来说。

"不能。"

我拒绝了。

李祥玲："那不就行了。"

我无力反驳她的话，我绝对做不到端着一盒骨灰回去。

我预想过很多场景，无论我讲什么，她都很冷漠不承认或者不回答，又或者她百般辩解，又或者她满口答应。可是，我没有设想过这一幕。我的处境，忽然变得有点可笑。我以为，我需要万般说服，打动她，必要时，还会斥责和威胁。但是，面对我自己无法担当的问题，我哑口无言。

显然这是一个棘手的问题。我进退两难。我突然意识到，我怀揣正义奔赴广州，并没有想要实现此行的目的，我只是想要了结一桩事情，而这桩事情注定无功而返。

"还有什么问题吗？"她说。

我无话可说，没有接话。

她又问："那就是没有了？"

我很恼火。

我："那她父母来呢？总可以吧。"

她："那就让她父母来吧。"

她利利索索的，没有一丝的犹豫。

我想问问她将林雨吉埋在哪里，似乎没有任何意义。

我心里充满了挫败感，却无处发泄。

我只好回去，坐在出租车上，外面是枯燥的建筑，映在烦闷的阳光里。我手里是李祥玲公司的一些资料，是我在他们前台等待她时随手拿的，我想把它给扔出去。我把资料卷起来，发现封底的页面下角，印刷着他们公司的地址和联系方式。其中，一个邮箱是：lan-wang@roseji.com，我突然意识到什么，这个念头让我有点恐慌，我叫司机回去。司机态度很好，笑着说："好嘞，马上掉头。"

到了他们公司楼下，我来不及思考，就冲上楼去。前台没有人，我径自走进去，我看见李祥玲办公室隔壁的门虚掩着，我毫不犹豫地推门进去，一个瘦瘦的女子蹲在沙发旁边，翻看着一大堆的图片。我几乎可以断定她就是林雨吉。她抬头看见我。我还没有说话，她就站起来。

她对我说："等一下。"细声细语的。

她把一摞图片放在沙发下面，她指了指旁边的黑色皮椅子，说："请坐。"

她没有问我是谁。

我坐下后，她关上门，坐在离我很近的另一把椅子上。我们两个坐在屋子的中央，一边是办公桌，一边是沙发。这，有一点怪异的感觉。

我："你是林雨吉？"

我想确认一下。

她没有否认，也没有说是。我反而不慌张了。

她很瘦，皮肤白皙，眼睛细长，嘴唇薄薄的，没有什么血色。

我沉默了一会儿，不知道从何说起。

我："你没有死？"

她不说话，平静地看着我。

这让我很确定。我倒吸了一口冷气。

我："你父母知道吗？"

她："当然不知道。"

看着眼前这个死而复生的人，我想，她再说出任何情况，我都不诧异了。

我问："你和你父母没有感情？"

"没有。"她回答。

她毫不犹豫的问答，让我觉得她厚颜无耻。

我："为什么？"

她看了看我，没有回答。

我猛地抽烟，好奇和兴奋超出了我的惊讶。过了一会儿，我压制住自己的声音，问："你不想管你的父母？"

她："管的，每年都有给他们钱，他们不愁吃穿。"

我："他们需要有人照顾。"

她："他们可以去养老院。"

她说得轻描淡写。

“可是，你难道一点也不为他们考虑？他们可是你的亲生父母。你的意思是，你不想再为他们承担任何责任吗？”我开始气愤起来。她冰冷而无情的态度彻底激怒了我。

她：“我承担过了。”

我：“你太冷血了。”

“是的。”

她居然承认了。

我：“你不怕老家的亲戚朋友骂你吗？”

她：“随便他们怎么说。”

我：“你开公司，你不怕这里的人知道了，鄙视你吗？”

她：“无所谓。”

她的回答简短、坚决。

我：“你结婚了吗？你老公知道会怎么样，你以后有了小孩，你的孩子会怎么看你？你能心安理得吗？”

她没有说话。我等她开口。我自以为这段话抓住了要害，可她就是不说话，最后，还是我自已率先打破了沉默。

我：“你不说说吗？”

她：“我没有什么可说的。”

我：“无论如何，你有赡养父母的义务。他们生你养你，不容易。”

她：“我还清了。”

真的是不可理喻，张伟还说她是一个柔弱的女生。或许人都是会变的。

我："你太自私了。你的父母就不该生你养你。"

她："是的。我同意你的看法。"

我快被气炸了。

我："无论如何，法律会让你承担责任。"

她："我承担了，他们要钱，我给了，还会一直给，直到他们去世。"

我："这不仅仅是钱的问题。"

她："那是什么问题？"

我语塞，像有什么堵住了我的喉咙。

那是什么问题呢？我也没有想明白。我烦躁得很，这是人家的家长里短，我却要在这里辩个清楚。

我："你看你现在自己开公司，条件也不错，就不能为你父母考虑考虑？"

她："我为他们考虑了。"

我："你怎么考虑的？"

她："我给他们钱了。"

我："你只知道钱吗？这里真是个只看重钱的城市。"

她："我只知道他们向我要钱。"

她毫不反驳，或者是，她根本不想和我争辩。

我："你的父母白养你了，他们可不是要钱。"

她："那你问问他们要钱还是不要。"

她很冷静，眼睛里净是嘲讽，好像是在笑我幼稚。

我："以后都不回老家了？"

她："不回。"

我："你就没有一点点留恋？"

她："有什么可留恋的呢？"

我不晓得再说什么。她敷衍地笑了一下，口气缓和了很多。

"只要有钱，我爸妈可以生活得很好，我在不在他们身边都是一样的。他们没有什么悲伤的。你回去时，我拿些钱给你，就说是我同学给你的。他们保准高高兴兴的，不再提我的事。"

我也算是见过世面的，但是却没见过这样的女儿，我说不出的有些愤怒，这种愤怒，不是因为她的冷漠和无情，而是面对这样的冷漠无情，我却无法谴责。我不相信她生性如此。可是我无法振振有词地反驳她。我就像是被捆住了手脚，想动也动弹不了。我想挣扎，却无力挣扎。

我："当时你为什么叫张伟来广州？"

她："他是个简单的人。"

我："你这么认为？"

她："看来你不了解他。"

我："你和他没有接触，你了解他？是什么事情让你这样认为？"

她："你回去问他嘛。"

我不知道她是由于什么原因，要隐瞒，或者不跟我说这些。于是，我的语气变得更加坚决。

"你父母说，不管怎样，都要把骨灰给带回去。"

说这话的时候，我有些心虚，毕竟这人还活着。

她非常惊讶地看着我，显然不是在装假。她说："当年，他们怎么不带回去？"

我："这，可能当时太悲伤了。"

她："行啊，你告诉我父母，将骨灰带回去，再加上安葬需要花几万元。问他们愿意吗？"

我："本来这钱，是我答应帮他们来出的。"

她："你与我非亲非故，你凭什么来出，你凭什么来出头？你管我们家的事干吗？"

她大声地斥责我，这是我没有意料到的。我帮她父母忙她非但没有感谢，而是非常生气。

她："你走吧，无论你想怎样跟我父母说，我都无所谓，你回去告诉我父母，我还活着，你看看他们的反应，你自以为是的帮忙，只怕会把他们带入真正的痛苦中，以后再没有好日子过了。"

她站起来，又坐下。

她开始穿她的外套，一副要走的样子。

她："你是一定要让我父母经历这样的痛苦吗？"

她是什么脑子？明明是她犯的错误，却说是我带来了痛苦。

她："我不怪我的父母，他们很可怜！天下的父母都很可怜，可怜的原因不一样而已。"

我："你抛弃你的父母，你不觉得你的行为很可耻吗？"

她已经穿好了外套。她狠狠地看了我一眼。

她："我可耻？你不可耻吗？你什么也不知道，就跑到我面前来，说我可耻？你认为自己在伸张正义，你甚至觉得自己很伟大？”

我被她说中了。我气得无语。我想，我该走了。我本来并没有打算好好帮她父母，我只是想敷衍一下。现在，我还真帮不上忙了。我不管了，他们爱怎么样就怎么样。

我：“你离开你父母，不想承担任何的责任，因为他们老了，成了你的累赘。你太自私了。不过，这是你们的家事，我管不着，你不赡养父母，那是法律的事，都与我无关。”

她：“我想问你，你是怎么赡养父母的？”

我在脑子里搜索了一下，我竟然答不上来。

我平常很少见到我的父母，有事就打电话。每次回家给他们钱。我能想起的最多就是这些。

我：“我与我的父母经常电话联系，我给他们钱，让他们去旅游，买东西。”

她：“我每年给我父母的钱，并不少。保证他们能衣食无忧，我也赡养我的父母。”

我：“你认为你并没有抛弃你的父母？”

她：“没有。”

她回答得很坚决。

我觉得她有些厚颜无耻。

“那么，你为什么假装死去不见你的父母？”我问。

“我想有我自己的生活。”她回答。

我盯着她。我不明白。她有自己的生活和父母有什么矛盾？这让我惊讶，一个受过高等教育的人，却有文绉绉而又幼稚的思想。

“你三十几岁了吧？你就不能成熟一点？”我说。

“正因为成熟，我才想要自己的生活，是我自己的生活，不是父母的生活。”她冷冷地说。

我突然沉默了，我想起了我的前妻，她和我离婚时，对我说的：我们的生活都不是我们自己的。凡事要听你父母的，我就要委屈我的父母，要我的父母开心，你就要背叛你的父母。难以两全。

我似乎明白了什么。

她的电话一遍遍响。她望着我，眼里都是驱逐之意。我只好离开。

回到酒店，我和于晓静去广州塔附近的餐厅吃饭。精致的粤菜，我却吃得索然无味。我在想要不要再找林雨吉。林雨吉活着是事实，林雨吉不想见她父母也是事实。我改变不了，那我继续见她已无意义。

我问于晓静，广州怎么样？还要去哪里玩玩吗？她说明天去见她一个朋友，见完朋友就可以回去了。我有点惊奇，她没有提起过，她有朋友在广州。

“是我一个朋友的朋友，这个中间的朋友，我们都很熟悉。我们之前也都听说过对方，既然来了，就见一见。”

她没有说带我一起去，这让我有点失落。

“那好吧，我们的航班是后天一早的，正好合适。”

我没有再说什么。

她给我看了看她买的衣服。她还给我看了看价格，我明白了她的意思。

“我给你转过去5000元，你自己看着买。”

“谢谢云哥。”

她高高兴兴地把衣服收起来。

第二天，于晓静去见她的朋友，我却没有任何心思去看风景。我想起来，我连林雨吉的电话都没有。我又去了她公司。她在公司，看见我来，叹了口气。让我等她一会儿。她出去了半小时。我把她沙发上的图片看了又看，都是一些服饰。

她回来的时候，我问她：

“你学服装设计吗？”

“没有，小时候我看见老师的女儿穿了一件粉红色的公主裙，我就想，我长大了要当服装设计师，做很多好看的公主裙。但我父母要我当个会计，他们说，镇上工厂的会计是我们村里最有钱的。毕业后，我一直想做服装设计，一开始去了温州，后来，我发现广州才是服装设计最多的地方。”她的口气还是很冰冷。

“你父母知道你去广州，是为了服装设计？”我问。

她：“不知道，他们只知道我换了一份工作。”

我：“你为什么不告诉他们？”

她：“没有必要，他们还是不知道的好。”

我：“你会服装设计了吗？”

她：“还不会，但我会看了，我会去挑选我喜欢的设计，拿回来研究。”

我：“你年纪不小了，来得及吗？”

“等我50岁，是不是来得及了？”

她的眼神有些哀怨：“我必须要试试。”

“你不觉得很幼稚？学服装设计的人一大堆，很多人都难以糊口，你半路出家怎么可能比人家做得好？”我质疑她。

她望着我，眼神中有一种不屑。

我：“你为什么不先挣点钱，然后找设计师来实现你的愿望。”

我认为这才是现实而成熟的表现。

她：“不是我的设计，那就不是我的愿望。”

我：“当然，你认为你有服装设计的天赋，你也许能取得成功，成为大设计师。可是，成功的概率太低了。你应该知道，这几乎不可能。”

她：“我有没有这方面的才华，要我去努力过才知道。但我不能得过且过。我为什么要和你说这些，我要做设计，是我自己的事，我必须要去做。”

她的声音高亢起来，脸上有一种光，我感觉一种不可遏制的力量和无法表述的激情。她普普通通，身材纤细，穿着扁平的裙子，素色的，一点儿花色也没有。短短的头发，齐在耳后，显然没有精心修剪过。她的手指关节突出，指甲很短，没有涂颜色，透着白光。眼睛细长，有一些血丝。

“你真的不打算见你父母了？”我开口说。

“他们以为我死了。”她说。

我：“我可以从中去说和，你的父母会原谅你的。”

她："原谅我又怎么样？他们也不会高兴，现在是他们最好的状况。"

我："你怎么会这样想，不在乎别人骂你不孝吗？"

她："谁骂我？是你吗？"

是呀，除了我，谁也不知道，这就是她的狡猾之处。

我："你的良心呢？你不在乎吗？"

她："我不在乎。"

我："你真是一个不孝子。"

我清清楚楚地对她说。

她："你知道什么是孝吗？孝顺是父母喜欢什么就给他们什么，是吧？是不是这样？"

我没有反驳，我觉得她说得有道理。

她："我父母喜欢的是钱，我给了他们钱。他们不喜欢看到我在苦苦地做不挣钱的事。事情就是这么简单。"

她坚决地说，然后问我，要不要一起去吃饭。我没有拒绝，因为于晓静不在，反正我得一个人吃饭。我们去了楼下一家廉价的小餐馆，里面有很多人，拥挤热闹，声音嘈杂，除了点菜，我们没有说话。

我要说的话已全部说完了，这几乎是我这辈子说教最多的，就连我女儿，我也没有教过她什么。我不想再问下去了，我的任务完成了，我自认为应尽的道义尽到了，我实在无法跟她沟通了。我再反反复复去劝说她，显然是徒劳的。我认为，她太固执了，她的想法和别人不同，甚至脑子可能有点问题，我对这一点深信不疑。大学里读了4年的专业，放着正儿八经的工作不做，偏偏要辞去工作，从头去学服装设计，一定是脑子有问题。更何况，还用这么离奇的理由抛弃了父母。不仅仅是头脑有问题，还薄情寡义。对于这样的人，还能怎么样呢？我只想赶紧结束，回去后不用再提起此事了。

我们很快吃好了，然后站在小餐馆门口，准备告别离开。小餐馆门口来了两个女生，看见林雨吉，笑起来，又看了看她的裙子："兰子呀，你身上这个裙子也是你们公司的？比你那些花花绿绿的公主裙好看多了。你们有新的款式出来了吗？下班后我们到你那里看看？"

林雨吉笑着回应她们："这不是我们自己的服装。"

她低头看了看自己的裙子，继续说："我们最近有一些新的款式，还是公主裙。欢迎你们来看看。"

"哦哦，好的。"

两个女生走进了小餐馆。

我想，她应该是尴尬的。但是我看见她的表情，若有所思，却没有一丝不自在。我在路边等车，她没有马上离开。

车来了，她很有礼貌地挥挥手，和我告别。

在回酒店的路上，我给于晓静打电话，她没有接电话，我又打了两次，还是没有接。我想，她是在太吵的地方没有听见我打的电话吧。我回到酒店想躺一会儿，却很快就睡了过去，当于晓静的电话吵醒我的时候，我发现外面的天色已经暗了。在电话里，她很兴奋，叫我出来吃饭。

吃饭的时候，于晓静兴高采烈地告诉我，她要在自己的美容店里售卖广州的化妆品。

我问她会不会上当?

她说:“不会的，零门槛，不需要买货，货家直接寄过来，卖掉后再结账。按照收入的 30% 留下，其余打给厂家。”

没有投入，就没有风险。我不再关心她售卖什么产品。对于你不太关心的人，她做什么你都是不关心的。

在回去的飞机上。我在想我怎么跟林雨吉的父母说，得有一个说法。对于这样一个和我毫无关系素不来往的家庭，我并不需要给他们一个完美的交代，我就是在想，怎样说可以敷衍过去，他们不至于还来找我。我想象他们可能哭诉的样子，这让我有些心烦。我想到张伟，我想由他出面去和林雨吉父母沟通，可能结果会更好一些，毕竟他有警察的身份，以前还帮过他们。

如果他们还是要坚持，那就再来和林雨吉商量吧，她不能一推了之。

四

从广州回来后，我的生活回到了原来的轨道，一切又恢复了正常。

如果说广州之行，对我来说，有什么影响，就是我想起了我前妻。这个和我生活了 16 年的女人，离婚之后，我和她没有什么来往。我并没有太多的悲伤和烦恼，相反，一拿到离婚证，我长嘘了一口气，终于不再被她家那些莫名的亲戚打扰了。比如深夜里谁谁谁赌博被抓了，要我去派出所通过关系领出来；又比如哪家亲戚之间吵架了，马上要我去现场调停，而我调停的手段就是给他们一点儿钱，他们就散了。我也试过，用语言让他们达成一致，而不是用钱，可是，那样换来的就是无休止的争吵，他们永远各自说着自己的话，直到我把双方分别拉到一边，拿出钱来说，对方认错了，表示个意思，就这样了结吧。他们心照不宣，明明知道是我出的钱，收下钱，还表明下自己大度，就此散去。每次吵架，我总是在想，这些人是不是预谋好的，缺钱了，找个理由而已。这时候，我前妻就像做错事的小孩，诚惶诚恐，我既生气又可怜她。我父母总是在事后责骂她那些没完没了的亲戚，我前妻就躲在房间里，不愿出门。我习惯了这样的场景，前几次还安慰她，后来我也感到厌烦了，就由她关在房间里，此后她就越来越沉默。

有人曾经问我，离婚说离就离了，难道没有一点儿感情了？我不否认，我当初是看我前妻漂亮才和她在一起的。在一起之后，两人和和气气，拌个小嘴，没有大的矛盾。该结婚时结婚，该生娃时生娃，一切都风平浪静，如果不是她受不了我父母对她那些亲戚的排斥，我们应该也是可以白头到老的。我这样想的时候，才猛然发现，这其中，我唯独没有想我俩的感情，说我不喜欢她吧？就不会和她结婚，说很喜欢她吧？为什么离婚时我如释重负。我搞不清和她的感情。也许有，也许没有，也许是我自己认为有，其实没有。谁说得清楚呢，感情这虚无缥缈的东西。

我想起林雨吉的话：我想过我自己的生活。我不知道我前妻下定决心要和我离婚时，是不是也是这样想的。我没有问过她。她告诉我要离婚时，我就点了点头，因为在此之前，她已经有三个月不见人影，我想我们彼此都不用再忍受了。

林雨吉说她小时候喜欢公主裙，谁小的时候没有过神圣的梦想呢？我就对骑摩托车的隔壁大哥崇拜不已，发誓以后要做一名赛车手。可我长大了，发现满大街都是电动车，摩托车又笨又重，骑得头发丝丝缕缕，满脸干裂，我就对摩托车失去了兴趣。即使我有兴趣，可是，我也没有成为赛车手的天赋。那林雨吉呢？她认为自己是天选之才，非要脱离父母，背负骂名，让依赖她的家人可能陷入不幸。除了认为她脑子有问题以外，我别无他想。

在我看来，那些自以为的理想，和成功距离遥远。我问她，你的服装好卖吗？她笑了笑说："我的客户群体很小众。"

我："那你还继续吗？"

林雨吉："当然了，不过，我已经很少做童话里的公主裙了。"

我："那你做的是什么样的公主裙呢？"

林雨吉："普通白领也能穿的公主裙。上班买菜去咖啡店都能穿，而不是一定在某个隆重的场合穿。我们的生活里，隆重的场合太少了。"

这，让我有点吃惊。

我："公主裙不就是只在婚礼和晚会上才穿吗？平时谁会穿它呀？"

说完这话，我意识到，并不是。

她似乎并不介意我这样说。别人怎么说，对她毫无影响。

我始终不相信，有人说根本不在乎别人对自己的看法，这多半是想为自己找一个借口，找一个自己没有失败的借口。又或者，他们想为自己的特立独行寻找一个安慰，他们很脆弱，需要这样的安慰支持。

可也有一点，不在乎别人的看法，大多是想摆脱传统的束缚。当然，林雨吉远离家乡，根本听不到别人的看法，甚至除了我，都没有人对她加以指责。

"像你这样，天下的父母怎么办？这个社会都会变了样子。"我对她说。

"那要看变成了什么样子，未必不是好样子。"她回答我。

这是我遇到的最铁石心肠的女人了。这个社会中，有一些人，你就是拿她没有办法，她没有触犯法律，在道德的边缘晃来晃去，你不能指望她良心发现，那是没用的。大部分的人都想让别人认可自己，而有些人对于认可毫不在意。林雨吉对于我想说服她的行为清清楚楚，她不屑一顾，甚至觉得我可能有些愚蠢。这让我气急败坏，而心有不甘。

我向她告别的时候，她看见我沮丧的样子，居然来安慰我："我父母会过得很开心，你不必担心。如果他们一定要来寻找我，我大不了再换一个城市生活。"

我回到重庆的时候，张伟接到我的电话，已经等在我的小酒馆。一起等我的还有几个朋友，说是为我接风。我和张伟在饭桌上啥也没有提，等到大家都散去了，我和张伟都喝得有点多。这时，我说话有些语无伦次。

我："你当年去广州，回来啥也没有说，保密的很嘛。"

张伟："那不是答应人家不说的嘛。"

我："我什么都知道了。你小子口风很紧，这些年从来没有说漏过嘴。"

张伟："你什么都知道了？那你准备怎么办？"

我："怎么办，能怎么办？"

张伟："可怜呀。"

我："是呀，真是可怜。我是说服不了她的。看怎么安慰她父母吧。"

张伟:“你说服谁？”

我:“林雨吉呀，还有谁？”

张伟:“林雨吉？她不是死了吗？”

我:“什么？你不知道？我见到林雨吉了，她活得好好的。”

张伟:“你见鬼了！”

我:“你，你的意思，你根本不知道林雨吉还活着？”

张伟:“林雨吉死了呀，活什么活？你是不是酒喝多了哟。”

我:“那你说什么都知道了，是说我知道什么了？”

张伟:“知道林雨吉自杀的原因呀。”

我:“她自杀什么原因？”

张伟:“被她父母逼的呀。”

我:“什么？你说什么？”

张伟:“即使不是直接逼迫，也是最主要的原因。”

我:“这是什么原因？”

张伟:“林雨吉一毕业就找了份工作，她父母就啥事不干，跟着去了温州，好吃好喝住着。小姑娘月月提前借工资，交了个男朋友，她父母要让人家拿 50 万，第二个月，两人就分手了。后来，林雨吉要去广州，她父母还是要跟着去，广州的房租又贵，好说歹说，她父母才回老家。但是要求每月给他们 5000 块，林雨吉说给不了，他父母变本加厉，要一次性给 10 万才回去。林雨吉向每个同学借钱，凑了 8 万，她父母才回了老家。过了一年，她父母说要在县城买房子，叫林雨吉拿钱，林雨吉没有钱，他们就跑到林雨吉公司去，找到领导，说以后要将工资打他们银行卡上。之后，林雨吉就辞职了，躲在广州同学家里，不见父母，她父母不得不回了老家。当时，她有个男朋友，她父母打不通林雨吉电话，就找她的男朋友，她男朋友一见她家情况这样，就跟她分手了。林雨吉就自杀了。”

我目瞪口呆。

我：“林雨吉根本就没有死，她还活着。我见到了。”

张伟：“怎么可能，当时我给派出所打的电话。说她自杀了。”

我：“你当时见到尸体了吗？”

张伟：“没有，又没有叫我去看。”

我：“那你怎么确认的？”

张伟：“她同学，她同学来接的我，和我说的这些，我还看到了遗书，还有她向同学借钱的借条。”

我：“就这些？”

张伟：“还有，我下飞机，给派出所打过电话，问了，是不是林雨吉自杀，人家回答说是，千真万确。”

我：“你去派出所了吗？”

张伟：“没有，本来要去，她同学说，不要告诉她父母是自杀，就说是意外，以免她父母伤心，她的遗书里也写了不要父母过来，后事由同学处理。所以，我就赶回来处理她父母的事了嘛。”

我：“我们都被她骗了。”

张伟惊讶之余，非常愤怒。

外面有人叫我，我暴躁地说：“滚滚滚。”

我："你回来的时候，为什么不说这些？"

张伟："我说这些干吗？说她父母不好？那也是你亲戚。"

我："这个林雨吉，很有计谋。"

张伟："哎呀，哎呀，你确定没说假话？你确定见到她了？"

张伟表情夸张，手中的烟都要掉了。

我："我有她的电话，我现在打电话给她？证明给你看。"

我拿起电话，拨出去，电话是空号。如果不是我喝了酒，我想我还能理智些。我跳了起来。

我："她肯定在我离开后就换了号码。这个女人太坏了。"

张伟拉住我："我相信你，相信你。"

张伟按住我。

我们俩反反复复把之前的情况又过了几遍，看看哪里不对。显然，没有结果。

我和张伟絮絮叨叨地回忆了一些细节，两人甚至都开始有些兴奋。张伟说，这事有点名堂。

我们没有得出任何结论。我们唯一确定的是，我们要去见她的父母。

她父母显得十分紧张。

"麻烦你们了，情况怎么样？"她父亲焦虑地问。

"她恐怕不能移回来。"我停了一会儿。

"我就说，不方便，不方便，移回来也不好。"他冲着她母亲大声说。

她的母亲，只管擦眼泪。

"就让她在广州吧。"

我慢慢地说，观察他们的反应。

"那她埋在什么地方？以后我好去看哈。"

她母亲小声地说，带着哭声。

"你去看什么看，那么远。去看啥子，那是她自己的命。"

她父亲眼睛也红了，还是很大声地说。脸上的皱纹很多，看不到其他表情。

她母亲不说话了，只是流泪，没有哭声。

过了好一阵子，都没有人说话。

我们没有想到是这样的。我和张伟互相看了看。

我："我去广州，见到了她同学，她同学说，以后按时寄钱来，你们要保重身体。"

"谢谢了，这些同学有心了。麻烦你们了。"

她父亲很周到地说。

我们觉得他们都没有坚持的意思，就赶紧起身告辞了。临走，说了一些冠冕堂皇安慰他们的话。

我和张伟出来后，都长叹了一口气。我们都觉得这事总算过去了。

可是，我们放下去的心，还没有回到正常的心跳呢，就又出事了。事情的起因很简单。于晓静回来的第二天晚上，和她几个朋友吃饭。席间说起她在广州找了一个化妆品项目，朋友问靠不靠谱，她说可以的。朋友问，是李元说不错的吗？于晓静说，李元不清楚，当天他不在。朋友好奇，两人一起去的广州，怎么李元没有和你一起去看这个项目。于晓静说，李元去看朋友了，朋友叫林雨吉。这个县城是个小地方，我和她去广州的事，我前妻很快就知道了，还知道了林雨吉。她不清楚情况，就直接去问了林雨吉父母。林雨吉父母很快就找来了。

我接到林雨吉爸爸电话的时候，就知道事情坏了，我拉上张伟一起去见他们。路上，我和张伟商量了很久：要不要说实话。张伟坚持说，不能说假话，万一出了什么事，我担待不起，而且终有一天还是瞒不住的。

她父母搬到了镇上，说是租的房子。她母亲显然刚刚收拾了房间，客厅里很整洁。张伟坐在一张暗红色的木椅子上，有点摇晃。我拿了一个绿色塑料的方凳，靠他们近一点儿坐下。

她母亲先说话："是你去见雨吉了？"

她的话并没有底气，显然她也不相信。

张伟看看我，点点头。

我只好说："是的。"

她母亲一下子哭了起来："那究竟啷个回事吗？你们还骗我们老太婆呀！小张，你是警察哟，你们说清楚。"

场面很难堪。我只好说，你们先别哭，听我说。我原原本本说了个大概。

"我们去温州，那不是想照顾她吗？她身体一直不太好，我就想给她做做饭，免得她吃外卖。又花钱，又不卫生。当时，她是反对的，她爸就说，她一个人在外面，心野了就不好收了。我们向她拿钱，那不是为了她吗？我们啥也没有，为了她读书，还欠了几万元钱，怕她乱花钱，才想要帮她管钱。以后还不是她的。她爸身体不好，不慢慢存点钱，以后住院，她拿不出钱嘟个办嘛。”

我迟疑了一下，说：“你们找她男朋友拿过钱吗？”

她母亲说：“那个男的，就是骗她的，我们一眼就看出来了，说是家里有钱得很，叫他拿 50 万都舍不得，那不是假的是啥子嘛。”

我：“那她在广州的男朋友呢？”

她母亲哭着说：“那个男朋友，工作不好，还要靠雨吉养。我们不把她的工资管起来，那不都拿给那个男的了？雨吉就是傻得很。”

张伟猛抽烟，不说话，他可能真不知道说什么好了。

我：“雨吉现在在广州自己做服装设计，她以前喜欢这些呀，你们知不知道？”

她父亲说：“她喜欢打扮，我就经常说她，不要把心思花在衣服上，衣服有的穿就是了。她怪我。她真要做这些，我们也拦不住，她愿意做啥子就做啥子，我们也不反对的。”

她母亲说：“不管怎样，如果她一心想做啥子，我们帮不上忙。我们都会支持的。”

“那你们现在怎么想呢？”

张伟小心地问他们。

“你们说的可真是实情？”她母亲问了一句。

我：“没有骗你们，是真的。”

“她怎么会认为我们是为了钱，把她逼上绝路，她不想负担我们了，我们老了，是麻烦，她不想要我们。这才是原因，你们不用安慰我们的，我自己的女儿，我了解。”

她母亲坚持说道，因为生气，她脸上一道道向下的皱纹更加明显，有点可怕。

“她结婚了吗？”

她母亲一边问，一边哭着。

我回答：“没有。”

“她该结婚了，再不结，就老了，找不到好人了，以后生娃都困难了。”

她母亲叨叨起来。

“你要相信你女儿，她如果自己想享清福，早就结婚了。她现在自己做服装，很辛苦的。”

我望向她父亲说道。

“她真的没有结婚？”她父亲难以置信，“当时那个男的，要死要活都说要在一起的。”

我：“哪一个？”

她父亲：“广州那个，瘦瘦的，肩不能挑，手不能提，整天不上班，没有出息嘛。”

我问：“你在广州见过他？”

她父亲：“见过的，天天在屋头，啥事不干，只一心玩电脑。你们没有见到他？”

我：“没有。”

她父亲："我当时就给他说，我女儿跟着他，不得幸福，连个工作都没有，天天就在家里，我女儿还要养他，好辛苦嘛。雨吉傻得很，人家要走，她哭得死去活来，非要跟着他一起走。那个小伙子就留下来了，我们心软，就说算了嘛。"

"早晓得，我去一趟，"她父亲说，"我敢肯定，他们在一起。"

"那你亲自去，"我很不客气地回答，"你就会看到，你猜得一点儿都不对。你女儿没有结婚，也没有自己过好日子。她辛苦得很。"

"她是不是故意装给你们看的？"她父亲说。

我对这样的父亲不能理解。我站起来，想抽支烟。她父亲赶忙拉住我："我就说随便说说，你不要生气。"

我："你自己去广州看看吧。地址也有。你找到她，问清楚，反正是你们的女儿，我们也管不着。"

我很生气。

她父亲："这是造的什么孽哦，传出去，我们还哪个活嘛。"

他大声地叹气："怎么办，怎么办啊。"

他把地上一个搪瓷盆踢得转了两圈，发出哐啷的声音。

"你们看哪个办好？我们听你们的。"

她母亲看向张伟，显然她更信任张伟。

张伟："你们该高兴，本来以为人没了，现在人还在。你们说是不是。"

她母亲边点头，边抹眼泪："是是是。"

张伟："依我看，你们现在先不去广州，过些时候再说。也许，过些时候，林雨吉想通了，自己就联系你们了。那些她同学寄给你们的钱，其实是她寄的，她还是会寄给你们的。就当她常年在外工作，你们就在老家。你看你们村里，多的是这种情况，好多还不如你们，你们周围，那些在外面打工的，不回来，也不寄钱回来，老人还要出钱出力养孙子。你们比起他们也好得多。”

她父亲还是哀叹，带着怨气：“那些人家，说起来，面子在嘛。儿女在外面工作，不出钱不出力的，不管实际怎么样，外面说起来，过得去，老人脸上光彩的。我们这个算啥子回事嘛，女儿不认我们，说出去，没得面子。弄得我们都不敢出门。”

张伟：“除了我们，外面也不晓得啷个回事。等以后林雨吉做好了，年龄大些了，肯定会来找你们，接你们到广州去，不在这里了，你们还管人家说啥子呢。”

她母亲眼睛红红的，说：“她铁石心肠的，以后不会回来了。”

我：“她不回来，那也就现在这个样子，你们又能怎么样？”

她母亲情绪激动起来：“我要去告她，不赡养老人，这到哪里都说不通的。”

“你还去告，你想再把她逼死呀。”

她父亲叫起来，抓住她母亲的衣袖。

我和张伟都站了起来，以为他们两个要抓扯起来。

她母亲的衣袖被拉了一点儿下来，她晃了一下：“她都不管我们，我还不敢告呀，告就告，看她究竟怎么样。总要给我们一个交代。”

这是我们没有想到的。这个老太婆如此冷酷，女儿复活的消息比起不认他们的情况，显得轻飘飘的。

我忍不住了："你告，你去告，告赢了，法院也就判你女儿有赡养你们的义务，就是出钱，也不会判她必须和你们住在一起。出钱，那就是按规定出钱，你们是农村户口，一个月就几百块钱，比起现在她给你们的钱，肯定少多了，你去告嘛。"

张伟不说话，看我胡说八道，还配合地点了一下头。

老太婆不说话了，又开始大声叹气。看来在思量我的话。

"好吧，那你们说该啷个办嘛。"老太婆赌气地说。

好像林雨吉是我的女儿，做错了事情，要我来处理。我很生气，我瞪着他："你去告嘛，告了再说。我们也不管了。"

"也不是不管哈。"

张伟赶紧说道，用眼神劝住我。

张伟："女儿还活着，这是高兴的事，事情也不糟糕，是不是嘛。你们就等等，等一等。说得难听点儿，你们有啥子事，给我们说，我们来给林雨吉说，如果她不管你们，你们想怎么样采取行动也不迟，是不是？"

"就是就是。"

她父亲点头附和着。眼神望向老太婆，唯恐遭到反对。

她母亲很瘦，颧骨很高，泛着红光，眼睛呈三角形耷拉下来，看不到一点神韵。背有些驼，显得很苍老。她拢着双手，站在老头旁边。

老头气呼呼地："老子、老子……"

他吭哧好一会儿，也没有说出下句来。

张伟递过去一个信封："这是林雨吉给你们的，拿到嘛。"

她母亲不接，老头一把抓过来，塞到她母亲手里："拿到嘛。"

"以后再说嘛，先这样，各人的命。"

她母亲脸色苍白，拿到钱，头低垂下来。

张伟靠近她："以后她会回来的，她一时也不晓得该怎么办而已，没得事，过些时候就好了。"

"就是你的错，你就想享清福。"

她母亲抬起头来，对着老头说，眼眶湿润。

"那你去广州，你和她住在一起，我就在这里老死，不要你们管，你去，你去嘛，你看她是不是听你的。她就是一个怪物，怪得很，当初还不是想管住她。"

老头大声地说。

"你们两个不用吵了，事情都会过去的。"

张伟说。

她母亲看了看张伟，又看了看我，很茫然："她不会回来了。"

"她不会一直过苦日子的，等她做好了，自然会来接你们去广州享福。"

张伟说着言不由衷的话。

"就当她死了嘛。"

老头愤怒地说。

"就当她死了。"

老头又说了一遍。

老太婆似乎一下子清醒了一样。精神好了起来，她站直了身体，走动了两步。

“哎呀，就当她死了，一了百了。”

老太婆拢着的双手伸了出来，在衣服上摩擦了两下：“只要她高兴，没得啥子，你们见到她，带句话给她，只要她好。回不回来不要紧。”

她语速有点快，颧骨上的红光更明显了。

“她就是怪我们，责怪我们要跟她住在一起，我们把她养大了，不跟她一起，跟着哪个呢？还责怪我们不准她和那个男的在一起，那个男的，你们是没有见到，你们见过，也会反对的。没工作没有钱，天天就在家里玩电脑。这样的男人啷个能要嘛。还不如之前那一个，温州那个，至少家里还有钱。她的脑壳里，不晓得想些啥子，读个大学，好的没有学到，学到不要父母了，净想些歪头巴脑的东西。”

老太婆眼睛红红的，挂着泪，弯曲的手指点点自己的脑袋。

其实，叫她老太婆，还不是很恰当，她60岁左右的年纪，身材高大强壮。她穿着合身的花色薄棉衣，深灰色的裤子，头发是烫过的短发，染过颜色，褪去了，棕黄花白夹杂，梳得整整齐齐。一点儿也不邋遢，甚至不太像一个农村妇女。

老太婆的手腕上戴着一串明晃晃的手链，滑来滑去。

“我清楚她心里怎么想的，我们就是她的负担，我们有手有脚，帮她煮饭洗衣服，她还不知足，这样的娃儿有啥子用嘛？

你们评评理，把她养大，供她读大学，她工作了，就不想要爸爸妈妈了，不孝顺是不是？”

我望着他家的墙角，觉得她说得有理：“就是不懂事。”

张伟看了我一眼，想说什么，又咽了回去。

“她一定是受了别人的唆使，我自己的娃，我晓得，再自私也不会不要自己的爸爸妈妈。你们说，她还活着，还是一个人，你们肯定搞错了。她一定是和那个男的在一起，以前我们反对，致使那个男的怀恨在心，一定是他让雨吉这样做的。”

老头说话了，语气坚定。

“是她还是那个男人的想法，还不是一样的结果。你管啥子原因。以后就当她不在了。麻烦你们，一旦别人问起来，就说她是煤气中毒死了，这样好听一些。”

老太婆声音尖利，有些控制不住自己的情绪。

“要得，我们就这样对外说法。”

我觉得我们的目的达到了。林雨吉继续在广州，她父母就在老家生活，互不干扰。重要的是，她父母知道了这件事，我和张伟对这事有了交代，这事就算过去了。

接下来的事，出乎我的意料。张伟是一个温和的人，甚至有些懦弱胆小，他即使受了委屈，他都不会表露，更不会反抗，他也从不抱怨。遇到不公平的事，他也是避而不谈，不想惹人同情。有人找他办事，他更是唯唯诺诺，不轻易搭手。久而久之，朋友们就都觉得他没有什么本事，除了吃饭喝酒，都不再找他帮忙。他有很多朋友，不过，我认为他的那些朋友都不是真心和他交朋友，仅仅平时应酬而已，表面上热情，私底下并无多大的交情。他总是笑呵呵的样子。朋友们觉得他是一个吃饭喝酒的好搭档，但并不会和他有更多的交集。

张伟对老太婆说："你们不要猜林雨吉是怎么想的了，我有空的时候去一趟广州，一定帮你们搞清楚。现在，林雨吉是不会回来的，你们就暂时当她工作忙，不能回来看你们。你们不想待在这里，这些亲戚问来问去的，你们觉得不好听，我给你们找一份小区看门的工作，你们住到城里去，这样好不好？"

我有些惊讶地看着张伟，走过去碰了一下他的胳膊，小声说："你干吗呢，有这个必要吗？"

老两口看着张伟，又互相看看。没有说话。

"不好不好，太麻烦你了。"

老太婆使劲摆手："感谢你了，我们现在就行。娃儿拿回来的钱够我们两个用。她过她的，我们过我们的，这是我们的命。人各有命，怨不得别人。"

"就这样说定了。过些时候，我来给你们回消息，你们多保重。"

张伟拉起我就走。

我还没有反应过来就跟着他快步走出来。

上了车，张伟长出一口气："哎呀，总算出来了。"

我："原来你用来脱身。"

张伟："不然怎么办？继续下去也没有结果。"

我："这事算是过去了？"

我望了一眼他。他脸上肥肥的，眼睛眯缝着。

张伟：“嗯，暂时过去了，等过些时候，我就去广州。”

我：“啊，你真要去广州呀？”

张伟：“是呀，刚才你听到的嘛。”

我不说话，专心开车，我想，他明天就可能忘记了。

不久，我得知，张伟真的把老两口接到了城里，在一个小区当保安，保安室带一间半房间，老两口就住在里面。小区里的人说，老两口没有孩子，倒也同情他们，还隔三岔五地送些东西给他们。他们过来没有多久，保安室旁边的一个一直堆放杂物的小房间被收拾了出来，老两口卖些日用品之类的小东西，一个看门一个卖东西。人来人往，还挺热闹。

五

事情过去了几个月，张伟一直没有提起去广州的事。我每天都是老样子，做着相同的事，中午起床，下午喝茶，晚上在小酒馆。在这个小县城，小酒馆里都是熟人，来来往往的都是那些人，平平淡淡，没有什么惊喜。我的那些朋友，天天聊着的也是平庸无奇的事情，我早已没有什么倾听的兴趣。不过，我和于晓静也是安安静静相处，她知道我不会和她结婚，但也没见我和其他女人来往，就还是和我一直交往着。我频频喝酒，甚至有点酗酒。反正我也是无所事事。

我前妻来找我的时候，我正在小酒馆和几个朋友喝得正酣。那时是夏天，她穿了一件无袖的黑色连衣裙，像个小姑娘亭亭玉立地站在小酒馆门口，我不免有些惊慌。我不知道我为何有些惊慌。我不太相信是她，但我确定是她。她对我笑了笑：“你出来下呢，找你有点事。”

我赶紧搁下酒杯，站起来：“你来了呀。”

我有段时间没见她了，她瘦了。眼角有了皱纹。爱笑了。和我刚认识她的时候一样。她开了一家茶叶店，主要是销售云南的普洱茶，也卖一些其他的茶叶。听说她的生意很好，请了一个店员帮她销售。她把茶叶的包装做得很精美，印刷了云南各个民族女孩的图片在上面。她的茶叶都来自以前我们在云南的茶山，又便宜又好。她因此赚了一些钱。

她说："我想把那套房子卖了。"

离婚的时候，我把一套80多平方米的房子留给了她和女儿住。她一直住在那里。

我："为什么要卖房子？卖了房子你住哪里？"

她说："卖了换一套大的房子，差点钱。买了新的，房本上写女儿的名字。"

我很失落，我想她是要结婚了吧。我没有说话，只是看着她。

她继续说："那个房子还是你的名字，卖房子要你去办手续，你看行不行。"

我大声说："不行。"

她盯着我："为啥子不行呢？那个房子，你说了是送我的。"

我："是送你的，但你不能卖。"

她："你讲不讲道理哦。"

我："你为什么要换房子？"

她："我爸爸妈妈要回来了，现在的房子小了，换一个大的房子，住在一起。"

我松了口气。

我："那个房子也就值30多万，我给你钱，你去买新的房子，这个房子就不要卖了。”

她：“那不行，你妈知道了，又要说我占你家便宜，拿你家钱。”

我：“你就相当于把房子卖给我，不是一样？”

她：“不一样。你当初把房子给我，你妈以为当时就过了户的，那就是我的了。我现在卖多少钱都是我的事。如果你现在给我钱，把房子拿回去，无论你出多少钱，你妈都觉得是便宜的。即使你妈觉得价格合适，她也一定认为是这个房子卖不出去，一定要你来接手的。我不想听人家闲谈了。”

她比以前成熟了很多，不知道是不是一个人要面对很多事情，就成长得快了。

我叹了口气，看了看里面喝酒的朋友，点了点头，表示同意。

“你爸妈身体好吗？”我找话来说。

“不是很好，不能在工厂干活了，所以要回来了。”她没有一点儿哀怨的样子，平平淡淡地说。

“那你一个人要照顾他们，有点辛苦哦。”

她犹豫了一下，说了一句：“以后你多照顾娃娃。”

我：“那是当然的。”

她手机响了，接起电话，声音带笑，自鸣得意，和离婚时有天壤之别。那时，她整天不说话不出门。我时时躲着她，想躲开她糟糕的阴霾的表情。

我去柜台拿了一瓶饮料递给她，我看见她抿了抿嘴，才想起给她拿瓶水喝。她没接，挂了电话说："不用了，我得回去了，找好买家，我和你说。"

她对我笑了笑，转身离开。

过了两周，她通知我去交易中心，说是和买家谈好了，去办理过户手续。

办好手续，她有些犹犹豫豫地开口道："你和于晓静还好吗？"

我："就那样，来往不是很多。"

我不知道她什么意思，就实话实说。

她："真的？"

我很奇怪，她今天为何要问我这些。

我："有什么事吗？还是你听说了什么？"

她："我听别人说，她到处借钱，还借高利贷。"

我很吃惊，于晓静为什么要借钱，这是我不知道的事。

我："她为什么借钱？"

她："她没有找你借钱？"

我："没有。"

她："奇怪了，她找周围所有人借钱，居然没有找你借。"

她不相信地瞪着眼睛。她的眼睛显得更圆了。

我："她为什么事借钱？"

她："她说是临时周转，别人说是她被骗了。"

我突然想起什么，说："你不会是因为于晓静借钱的事，才要卖房子吧？"

我突然醒悟过来。

她："有这个原因，不过主要是因为我需要换大房子，卖这个房子是迟早的事。"

我："你以为于晓静会找我借钱，然后我没有钱了，要把这个房子收回去？"

她："这是很有可能的。毕竟这房子是你的名字。"

女人的心思啊，让人哭笑不得。

我想起最近于晓静的确很少来找我，来了，也是闷闷地坐在一边。我想，她是因为我不和她结婚不高兴才这样的。现在看来她是有别的事情。我并不想过问她的事，但是前妻说她借了高利贷，我怕牵连到我，我就给于晓静打了个电话，说晚上请她吃饭。

她来小酒馆的时候，特意打扮了一下，化了很精致的妆，穿了件真丝连衣裙，粉红色水波纹图案，显得很有女人味。

我开门见山地问她："你是不是借了高利贷？"

她摇摇头："没有。"

她矢口否认。

我："你说老实话。"

我口气很坚决。

她："我又没有向你借钱。"

看来，她还真是借钱了。

我："借了多少？"

她："借了好多，我自己晓得还。"

她不说。这个女人真是虚荣。

我:“你是不是借了高利贷?”

她:“哪个说我借了高利贷,我没有借高利贷,就是和亲戚朋友借了些。”

她非常生气的样子,让我相信她说的话是真的。

我继续问:“那你借了多少钱?”

“60万。”

她痛快地说。

她的那个美容院卖了也就值30万。

我问:“你借钱做什么?”

她:“你管我做什么?你又不会和我结婚,我们两个没有任何关系。”

女人就是这样,你和她谈事情,她非要和你扯感情。

我:“那你说不说吗?不说我以后也不问了。”

我的耐心很有限。

于晓静脸色绯红,不知道她是羞愧还是生气。

她:“那我说,这事起因还是怪你。”

我:“怪我?”

我没有理会她。

她:“怪那次跟你去广州。”

我有点不耐烦:“说事情。”

女人总是扯七扯八的,半天进入不了正题。

于晓静一边喝酒,一边骂骂咧咧地开始讲述。我从来没有见过她这样放肆要泼的样子，她把我彻底吓住了。

在她毫无逻辑的叙述中，我明白了她讲的事情，就是一个简单的骗局。她在广州见了一个所谓的朋友，让她代销化妆品，先销售，后付款。化妆品在她的美容院卖得不错，广州朋友按时给她提成，按销售额的30%。后来，广州朋友说，销售额越高，提成就越高。建议她先自己买下来，慢慢地销售，这样提成可以高达70%。她就买了100多万的货品。刚开始来她美容院买化妆品的人很多，后来慢慢地少了。这些货物都砸在了自己手里，根本就卖不出去。女人的眼睛看男人，只看男人美好的一面；看利益，只看没有风险的利益。

我有些可怜她："你为什么没有和我说呢？我不能让你上当呀。"

她说："和你说，又能怎么样呢？你如果不支持，我会认为你是不是怕我向找你借钱，所以不支持。你如果支持，你晓得我没有那么多钱，那你是不是要借钱给我？你愿意借给我钱吗？你恐怕会想，我想结婚不成，想个办法找你拿钱。"

她在这一点上倒是把男人想得很清楚，说得我有点惭愧。

"你把你朋友的信息给我，我去趟广州，帮你把钱追回来。"

我头脑发热，想也没想就这样说了。

她："真的呀？你不要骗我。"

我："我骗你做啥子嘛。我经商这么多年，大风大浪都见过。你这个不算什么。你放心好了。"

我想，酒的度数有点高，我吹嘘得有点过分。

事实上，我第二天就去找张伟了。让他帮我出出主意，看看怎么去广州了结这件事。

张伟找了他老婆，经过一番分析后，她认为对方退钱的可能性不大，合同是一个清清楚楚的销售合同。其实，就是于晓静向对方全款购买化妆品，货到付款。70% 的提成只是于晓静广州的朋友在微信上说的，说是这是专门为于晓静争取来的，写在合同里就违规了。

我有点无计可施，但是夸下的海口却不能轻易就反悔。我思考了一会儿，对张伟说："你不是答应林雨吉父母要去下广州吗？正好，我们两个去一下。至于结果怎么样，再说。行不行？"

张伟倒是痛快："要得，一直想找时间去，都没有空，就这个周末，我请两天假，三四天时间够了。"

很快，我和张伟去了广州。张伟特地买了一身灰色的休闲装，Polo 衫，运动裤，一个斜挎的黑色包，一个小箱子。我翻出在云南经常穿的大花衬衣和白色亚麻裤，还戴了一顶窄边的西部牛仔帽。我们两个看起来完全是去广州度假的样子，只是两个大男人一起去度假有点别扭。张伟难得出门，显得有些兴奋。一路上他一直不停地拍照。有时，他也用手机搜索广州的旅游景点。他说一定要住在广州塔旁边的酒店，晚上可以拍广州塔的灯光秀。我笑他有些幼稚，提醒他，我们应该商量，到了广州怎么办正事，而不是看风景。

张伟："对对对。明天你去于晓静朋友的公司。我去林雨吉那里。我们分头行动。"

我:“我们不一起去吗?”

张伟:“我们两个一起,容易引起别人的警觉,不利于办事。”

我本以为我们要一起去找人的,他这样一说,我也不好反驳了。

我就在广州塔附近预订了一个酒店,进酒店的时候,看见旁边有一个热热闹闹的水果摊,我花了几十块钱,买了一兜的水果。我们一起拎进了房间。我预订的双床标准间。张伟一定坚持订一个房间,他不想多花钱。我也就顺着他了。

第二天,我就出发去找于晓静的朋友,我抱着找不到人的想法,甚至连找不到人怎么和于晓静解释,都已经设想好了,我打算一进她们公司,一开始询问,就打开手机录音,以表明我尽力做事的态度。

然而,一切都出乎意料。

那家化妆品公司在一栋高级的写字楼里,从大堂空无一物而墙上高挂几米一泻而下的水流就可以看出来,这里的租金不便宜。我到了31楼,化妆品公司门口,一个浓妆的小女生低头坐在前台。我敲了一下前台宽大的台面,问她:“桑音一在不在?”

这个有点奇怪的名字,我记得清清楚楚。

我刚问完,前台背后就传来一个响亮的声音:“谁找我呀?”

然后,我就看见了一个胖得有点像韩红的三十几岁妇女站在离我大约两三米远的地方。一身绿色的衣服,下摆飘着,好像成群的海草。

她的名字和她的体形反差得有些尴尬。她实在是太胖了,胖得有点滑稽，她的普通话非常不标准，却听不出是哪里的口音。她说，她曾经是一名英语老师。她教不好自己的学生，她是很差的老师。我告诉她我的来历，她笑容满面地把我迎进了一个 10 平米左右的会客室，会客室有四把椅子，一个小圆桌，角落有一个茶水壶、一摞纸水杯和装着假花枝的玻璃花瓶。

没等我说话，她就开始滔滔不绝地介绍他们公司。我疑惑了。我看到她饱满的激情以及在介绍公司时对公司毫不掩饰的崇拜。在她的描述下，这样的公司堪称伟大，错过她家化妆品简直就是人生败笔。我不得不承认，我有些被她打动了我甚至有去看看她们化妆品的冲动。她给我看了一下公司的宣传册，里面的商品纷繁鲜艳，非常精致而耀眼。

“当然，我知道我自己能力不够，无法向你完全展示我们的产品。”

她终于在给我倒水时，停止了介绍。

她说，“你看我很胖是不是？我自己是不能变得好看了，但是，我想让女人更美丽。所以，我立志销售化妆品和女装。我家化妆品效果很好，价格还不贵，性价比很高。即使我们宣传不够，全国各地来买我们化妆品的也太多太多了。你想象不到，那些买我们化妆品的人，皮肤有多么大的改变，特别是北方，寒冷干燥，我们的产品让他们在冬天也长时间地保持湿润。他们太喜欢了。”

我：“你们的产品好不好我不懂，我也不买。我就是问你卖给于晓静的产品能不能退？”

我打断她的话，强硬地说道。

她："可以退呀。"

胖女人爽快地回答。

我疑惑了："可以？"

她："当然。"

我蒙了，这事不对呀。

我："那我给于晓静说，退货可以。你们马上退款？"

我还是不相信。

她："她拿了我们的货物，货款还没有付完，她一直没支付，说是想退货，我让她把货物发回来，她发回来的货物都是被水浸泡过的，不能用了。公司催她款呢。我以为你今天是来处理这个事情的。"

我不相信她说的话，于晓静不可能不和我说这些情况。

我："你等一等，我打个电话，问问她。"

我打电话给于晓静。胖女人说她出去一下，一会儿回来。

我给于晓静打电话："于晓静，我见到桑音一了。人家说可以退货，说你之前退回来的一批货，是被水浸泡过的。"

她在电话那头说："她们说浸泡了就浸泡了？他们明明就是不想退。"

她之前啥都没有和我说过。这个女人很有心机呀。

我："那这个就不是退不退货的问题，是你退回来的货有没有问题。"

于晓静："他们说货有问题，就不退呀。"

我："那你想怎么样？"

于晓静："退货退款呀。"

我大意了，女人总是把事情混为一谈。这明明是两个问题，她却非要搅在一起。

桑音一回来的时候，递给我一杯咖啡："来，请喝，也不知道你喜欢什么口味，就点了拿铁。可以吗？"

我谢过她。问她，浸泡过水的货在什么地方？

她说："在公司楼下仓库。"

我："我能去看看吗？"

她带我去了他们楼下的仓库。仓库是在这个大楼的防空避难层。空间很低，走进去很压抑。

桑音一给我看两堆打开的化妆品箱子，包装被浸得污渍斑斑。

桑音一："这些货物都给于晓静拍过了照片，看过的。我们本来以为是运输的问题，但人家快递公司有拍照，拿到货的时候就是这样了。我跟她说，这些货我运回给她，让她换一批回来，她说大多货都是这样的。"

她拍了拍手上的灰尘："你说怎么办？这样的化妆品我们没法卖呀。"

我："换包装不可以吗？"

她："本来换包装可以，可是我们打开瓶子，里面有水浸过的，每瓶都需要检测。我给于晓静说过，坏了的，不能销售了，这个损失只能她自己来承担。"

我:“那坏没坏，还不就是你们说了算?”

她:“兄弟，你自己看，不需要我说，这样的东西，你敢不敢买?”

我拿起其中一瓶，的确，瓶子的周围有一些脏的印记，我打开瓶盖，瓶盖里层一圈都是黑的。

她:“我一再跟于晓静说，让她来一趟广州，她就是不来。这样放下去越放越坏了。”

我感觉头疼，我对桑音一说:“那先这样吧，我也不是很清楚情况，我问问她再说。”

这时，张伟发消息给我，说没有找到林雨吉的公司，以前的地方现在是一家培训机构。不过，他打听到他们开了一家服装店的地址。

我们两个人的进展都不顺利。我叫他直接去服装店那里，等我过去。

桑音一送我出来，问我要去哪里，她帮我看地铁怎么乘。我给她说，我找一家公司，现在不知道搬到哪里去了。她很热情，问我去什么公司，我随口说了名字。

她问:“是做什么服装的?”

我想了想:“好像是做公主裙的。”

她:“公主裙?是只做公主裙吗?”

我:“我也不清楚。”

她:“我倒是知道一家做公主裙的，叫玫瑰吉。我很喜欢他们家的裙子。”

我："玫瑰吉？吉祥的吉？"

她："是的呀，是不是很美的名字。"

我几乎确定这就是林雨吉的服装公司。

她："你们找他们干吗？"

我："找他们老板。"

她："你们认识？"

我："他是我远房亲戚。"

她抓住我的胳膊，大声地说："真的呀？是男的还是女的？能不能带我见她？他们老板从来不在外露面的，我就想看看这是个什么样的老板，能做出这么美的裙子。"

我的上衣被她拖得有点往下垮，她实在太重了，她脸上充满了期待。

"你知道吗？我是多么想穿上她家的公主裙，就是没有我的尺码。"

她的眼里充满幻想。这幻想和她本身差距太大，一个炫目一个平庸，这有点残酷。她用充满幻想的目光看着我，好像我是一条她可以穿的裙子。这残酷的事实反而赋予她一种光芒。

"你稍微减减肥呀，然后就可以穿了。"

我小心地说了一句。

她笑了起来。

"我没有别的意思。"

我的补充有点苍白。

我想，对于他人，她可能经常被嘲笑吧。她周围的人应该毫不掩饰对她身材的蔑视，包括我，不过，她的激情又会让人毫不犹豫地靠近她。她可能习惯了或者麻木了吧。

我们总是这样，一面轻视别人，一面又吸收别人的好处。

后来，我从于晓静那里知道，桑音一大学时非常苗条，还是校花。后来，因为患了严重哮喘服用激素药导致的肥胖。对此，我不胜唏嘘。

尽管她是一个胖到猜不出年纪的女人，但她对于美的感受却是非常深刻。

“她家的公主裙很有名吗？”

我突然问。

她说：“不算很有名，但是，她家的公主裙独一无二。是那种并不夸张的，平时都可以穿的公主裙，每一件裙子都是纯色的，绝没有花花绿绿的其他颜色夹杂于其中，就只有一个颜色，纽扣丝线都是同颜色。我还想做她家的代理呢，可是她家只做直营，开店很少。”

我：“那你知道她家店开在哪里？”

她：“那，就有她家的店。”

桑音一带我走到窗户边，指了指旁边大约500米的大厦。

我看了看张伟给我的地址，就是这里。我打电话给张伟。张伟说他刚坐下吃饭，吃好了就过来。我看看时间，已经是12点半了。

我：“我请你吃饭吧。”

她立马就答应了：“好呀。”

她毫不推辞，领着我去旁边的广东餐厅。她一路上滔滔不绝地给我介绍这家餐厅的由来和有名的菜品。她的热情很真诚。我已经忘记了我是气势汹汹地来找她处理纠纷的。当然，她不认为这是纠纷，对于晓静还一个劲地赞美。

她说："于晓静真是不容易，自己开美容院，还了她妈妈的几十万赌债。人长得漂亮，又能干，又孝顺。"

难怪于晓静的妈妈每天帮她守着美容院，原来是为了方便拿钱还债。

和她一起吃饭，真是难得的享受，她很会照顾人，点的菜都是稍有改良的广东菜，很合我的胃口。她不仅对她销售的化妆品一派溢美之词，对于周围的一切都不吝赞美。我想，在我认识的人中，没有像她这样热情的了。她似乎受过很好的教育，不像其他销售人员那样只谈及自己的产品。对于像我这样来找她退货的人，她也并不觉得麻烦。相反，还给予一些建议。

吃到差不多一半的时候，一个高高大大、穿着白体恤的男人从餐厅的另一头往里走，她站起来挥手："大方，大方。"她声音急促，手舞足蹈，唯恐人家看不见她。

男子站住，好像一时没有认出她来。随即，男人笑了起来："音一呀。"

桑音一："最近都没有见你，你没上班呀？"

男人："我出差去香港了。"

桑音一："难怪没看见你，你更精神了呢。"

男人："那你们吃。我去里面。"

桑音一："你和我们一起吃吧。"

桑音一回头看我："可以吧？这是大方，我们在同一栋楼里上班，他们公司在25楼。"

她笑容满面。还没有等我回答，她已经将空着的椅子拉开了。

男子受到这么热情的欢迎，显然有些不知所措。他朝我点点头，坐了下来。

桑音一说："这是李元，我客户，从重庆过来的。"

桑音一介绍道，口气就好像我们认识了很多年。

桑音一："大方，你知道吗？李元和玫瑰吉的老板认识，他们是老乡。"

我是第一次听到林雨吉服装的名字，原来叫玫瑰吉。我不知道该怎么解释。我喝着茶，不说话。

"玫瑰吉？卖花的吗？"

男人接过桑音一递过来的茶问道。

桑音一快速地说："你总是夸燕燕会穿衣服，穿的衣服很好看，燕燕就是经常穿玫瑰吉的服装呀。原来你不知道呀。不过你们男人不知道女人衣服的品牌很正常。你还给我说过，我也可以穿这样的衣服，可是他们家没有我的尺码。哈哈哈哈。"

桑音一并没有觉得有什么自卑，劈头盖脸地说一大堆，大笑起来。然后，她给大方递茶递纸巾。她笑得合不拢嘴，脸上的每一个纹路都是向上仰的。

我想桑音一是喜欢这个男人呢？还是她一贯热情的表现？

叫大方的男人长着一张很平常的圆脸，差不多35岁左右的样子，头发已经有些稀疏，隐约看得见头皮，皮肤偏黑，嘴唇很厚，眉毛淡淡的。他听着她说话，嘴角挂着平静的笑。

男人放下茶杯："我过去了，你们慢慢吃。"

"你不和我们一起吃呀？"

桑音一想挽留男人。

男人："不了，里面还有朋友，下回我请你呀。"

桑音一说道："好呀好呀。"

男人站起来，往里走了。

桑音一稍微沉默了一秒。

我："你喜欢他？"

我笑起来，问她。

"嗯，你看到了，他怎么样？"她毫不犹豫地问。

我："你想让我说什么呢？"

接着，她笑呵呵地说："他不知道，别人也不知道。他帅不帅？帅吧？我就想天天可以看见他。"

我不置可否。我吃着东西。

她继续说："他喜欢不喜欢我，不重要，我也嫁不了他，你懂吗？"

她看起来很认真地在说话。脸上微微泛起红晕。

我觉得有些尴尬。我与她刚刚认识，聊这样的话题有点不合适。

我："你告诉过他吗？"

她："当然没有。"

我："你告诉他你喜欢他，看看他什么反应呗。"

她："那怎么行呢？他肯定不会喜欢我的。"

她的眼里充满了深情。说实话，她眼睛大而深邃，皮肤白皙，五官清秀，如果不是这么胖，她一定是一个大美人，而且她聪明、热情。

我："你为什么不试试呢？"

才认识不到3个小时的女人，我已经在给她做情感指导了。我不知道她的家庭背景、成长经历。却在一本正经地说教。

她："对呀，为什么不试试呢？谢谢你，今天遇见你真是好日子。"

她欣然接受的态度也不知道是真是假。

张伟打电话给我，问我到哪里了，他已经快到了。我对她说，我得离开了。她问我需要她一起去吗？我想了想说不用了。

我突然想起于晓静的事，我已经忘了正事。

我："于晓静的事，我再问问她，到时候可能还要麻烦你。"

她："不麻烦，该退款肯定退的。你让她放心，可以随时来找我。"

她笑嘻嘻地跟我告别，我们俩就像认识多年的老朋友一样。

我和张伟到达服装店的时候，都呆住了。

这完全不像一家服装店，更像一个美术馆，还是原始风貌的美术馆。

这是一家普普通通的酒店，看不到商铺门店，我们问了问保安，保安指了指旁边，那有一块小小的指示牌：玫瑰吉，请至B1层。我们进入楼梯，楼梯的两边排了灯管，左边的灯管在靠近地面的墙上，右边的灯管在楼道顶上。灯管整整齐齐地裸露在外面，就好像画出来的前行指示线。走到楼道尽头就看见服装店了，楼道和店里的地面都是原始的水泥地，浑然一体，大约300平方米的空间，粗糙的水泥墙面，盛开了六朵花：黑、白、红、粉红、绿、黄。每一个色系的衣服围成了一个圆。按颜色的深浅和衣服的长短排列。墙面上挂着不同颜色的油画，每一张画就是一个颜色，走近一看，才知道是画框上铺了一块纯色的布料。有几个身材高挑的小姑娘在挑选服装，有两个穿着白色公主裙的小姑娘，在整理服装，往衣服上挂上项链和胸针。我和张伟站在那里，很突兀，小姑娘看了看我们，并没有说什么，而是继续整理服装。我往里走，假装挑选衣服，我靠近离我最近的绿色圆圈，从浅绿到墨绿，大约有20几件裙子。不同的材质，样式大多是收腰加蓬松的裙摆，蕾丝或者网纱之类的裙摆。我拿起一件淡绿的裙子，颜色就像初春刚冒出来的茶芽，明亮但不刺眼。透着一种成熟，并不是小女生的风范。

我周围没有女人穿这样的裙子。我的脑海里只有我前妻穿上应该很好看，我突然有一种冲动，对服务员说，帮我拿一件这样的裙子。

白裙子服务员说："先生，你要什么尺码的？"

我："和你差不多的身材。"

我看了看营业员。

服务员:“我穿S码，不过，我胸围很小，如果胸围大一些，建议你拿M码，如果不合适，可以退换，我们可以快递。”

我迟疑了一下:“M码吧。”

张伟在那些花朵间走来走去，闲看。

在等营业员拿衣服的时候，我问另一个营业员:“你们公司在哪里呀?”

营业员递给我一本薄薄的画册:“这里有我们公司的地址，公司在这里，生产工厂在这里。”小姑娘指了指上面。

我们按地址去了林雨吉的公司，坐在前台旁边的沙发上等林雨吉。

前台的后墙上是几幅画，画上是没有完成的花朵，有的颜色没有涂完，有的花瓣没有画全。就好像一个人正在画画，画到一半，有事突然离开了一样。

而整个前台的背景，是一片山间的农田，几个农民，身穿单薄的上衣和高高卷起的裤子，在田坎上歇息。他们有的抽着烟，有的望着远方。

“这画很特别，有太阳，却没有光。”

张伟指着那幅农田画，和前台小姐说话。我才注意到，农田的远处有太阳，清冷，没有亮光。

前台小姐:“那是月亮，我们老板说，有的地方，太阳还没有落下，月亮已经挂在半空了。”

前台小姐的目光，停留在背景墙上。

这幅背景画，很平淡，却有一种熟悉的感觉。

前台小姐接了一个电话，站起来，对我们说："我们老板说现在没有时间，让你们留一个地址，晚上10点她去找你们。"

这明明就是不想见的托词吧，但是张伟却相信了，他写了酒店的地址，留下了电话，拉着我走了。

"你在想什么呢，她肯定在办公室，我们等一会儿把她堵上。"

进了电梯，我对张伟说。

张伟："她说晚上10点来。"

我："你就相信了？她万一不来呢？"

张伟："她将家乡的田园风光画在公司大门口，说明她对家乡很怀念。她不会不来。就是她不来，明天也可以再来这里找她。"

我："她明天不来公司了呢？"

张伟："那不正好，我们在广州玩一玩就回去了。"

咦，他倒是脑子清奇。我觉得他有时是另外一个人，在不工作的时候。

张伟说得没错，晚上10点，林雨吉准时来了。我们等在酒店大堂的咖啡厅，她到了以后，说请我们在附近的夜市去吃点东西。我推辞了："就在这里聊吧。"我就想知道她到底怎么想的。

"我还没有吃晚饭，陪我一起吃吧。"

她看着张伟。

张伟："走走走，去喝点啤酒，我请客。"

张伟赶忙推我。我只好随他一起。林雨吉走在前面，她身材消瘦单薄，像一个还没有发育完全的中学生，穿了一件黑色连衣裙，灯笼短袖，腰身有一些褶皱，下摆很蓬松，长及小腿肚。头发是清汤挂面的直发，像一个书香世家的小姐。她背一个白色的大挎包，鼓鼓的，里面装满了东西，压得连衣裙肩部有点变形。夜市是在酒店旁边的一条小巷子里。有好几家烧烤、海鲜、粥面馆，林雨吉走进一家叫鱼蝌小海鲜的小店。她也没有问我们，就非常迅速地点好了菜，吩咐服务员加麻辣。五月，夜晚很暖，路边的小桌子坐满了人。

我和张伟坐在林雨吉对面，张伟打量着林雨吉。

她抬头看了看张伟。这时，她电话响起来。

张伟想说什么，停住了。说真的，她太瘦了，显得有些超出她年龄的苍老。眼睛细长，眉毛淡淡的，鼻子小巧，嘴唇薄薄的，抿得很紧。脸颊有一点儿凹陷，脸小小的。她在接电话，专心的样子有一种力量。

“你们来，是想做什么呢？劝我就不必了。”

她挂了电话，瞥了我一眼，对我显然没有什么好感。

然后，她挺了挺身子，敷衍地对我们笑了一下。

我：“是这样的啊，我们去见过你的父母，他们可能也知道了你还活着，可能你们之间有一些误会，他们觉得啊，只要你过得好，他们也不要求你什么的。”

“哟，挺好的，那你们何必跑这一趟呢？”

她用有些冷漠的目光扫过我们。

“那你想怎么样呢？”

张伟问道。

我第一次认为张伟是聪明的，是从这时候开始的。

张伟继续说：“你的想法是什么，我们就带个话回去，给你父母有个交代。”

林雨吉沉默了。

我叫了3瓶啤酒，倒进杯里，递给他们两个，他们都不说话，我举了举杯，他们两人都没有端起杯子，我只好自己喝了起来。林雨吉大约是饿了，不看我们，专心吃东西。她吃饭很认真。

我们三人都没有说话，只有我和张伟偶尔碰一下酒杯的声音。甚至，服务员过来问我们是否还需要什么，我也只是摆摆手，以示拒绝。我们就这样沉默着吃饭，好像有某种默契，这是我从未有过的体验，不说话，安安静静吃饭，享受美食，随意喝着啤酒，在这广州天气温和的5月里，酒饮半醉。这烟火沉沦的小巷既不热闹也不冷清，刚刚好。

啤酒喝完了，我终于开口说：“我们去了你的服装店，店里的裙子都很漂亮。”

林雨吉：“那又怎么样呢？”

我：“销售好吗？”

林雨吉：“不好。”

我：“为什么？”

她笑了起来。

“那你的公司呢？经营得怎么样？”

张伟问了一句。

“好多年不见了，你做什么呢？”

林雨吉并没有回答，反而问张伟。

张伟没什么好说的。他就是每天上班，勤奋工作，谨小慎微，从一个小警察成了一个中年警察。多了一些人情世故而已。

林雨吉听了，说了一句：“你是一个好警察。不管你有没有当官。”

张伟有些不好意思，笑了一下。

林雨吉又叫服务员拿了几瓶啤酒，她开始介绍自己的情况。

她说起她刚来广州，在一家公司做总裁助理，每个月8000元，因为父母也来了，租了一个两居室，租金2000元，工资都由她妈妈保管，她吃什么穿什么都由她妈妈安排，她没有钱，不能和同事去吃饭，不能请同事喝饮料，早上带饭去公司中午吃，与公司的同事关系非常淡漠。

后来，她有了一个男朋友，可以搬去和男朋友住了，父母又坚决反对他们来往。她终于说出要父母回老家去的想法，父母要她拿10万块，她向所有同学借钱，凑够了8万，她的父母才离开了广州。她辞掉了工作，她住在曲里八拐的老小区，买二十几块的衣服穿。她说她东奔西走、日夜兼程。这些辛苦她似乎并不在意。她白天做服装，晚上做英语翻译养活自己。她的男朋友呢，是她做总裁助理的时候认识的，来自遥远的西北，一无所有，做互联网创业，全靠她的工资养活两人。她的父母坚决反对，她并不在意，仍然坚持和他在一起。可是，男朋友寻找投资合伙人时，背叛了她，离开她和投资合伙人在一起了。她绝望了，冲动之下，就自杀了。被她的同学发现，救了回来。

张伟：“你不是因为父母相逼，才自杀的吗？”

她：“不都是他们逼的我，是我对生活没有了希望。在我最绝望的时候，也想到父母，而那种想起，只是更让我没有了活下去的意愿。”

我停顿了，无言。

她继续说：“不敢联系父母呀，害怕他们要来广州，让我喘不过气来。我无路可走，我唯一一个还和我来往的同学说，就当重活一场吧！让以前的全部都成为过去。我才开始了自己创业。”

她开始找一些赚钱的兼职。大多数是做翻译，有时也做医药销售，也零星销售衣服。只要能赚钱的，她都去尝试，反而比之前做总裁助理时收入多一些。

在这些日子里，她一边做兼职，一边去学服装设计。但是很快，她就没有继续去培训班学习了，那些培训班教的内容都是一些如何模仿大牌的技巧。她开始自己琢磨，她买最廉价的布料，随心所欲地设计一些摸不着头脑的裙子，然后在夜市的地摊上出售，10元、20元都卖。她并不懂设计的技巧，那些衣服被路人嗤之以鼻。她毫不在意。她像着了魔一样。她的脑子，似乎不太正常了。

我问：“为什么会这样？”

“无路可走呀。”

她轻轻松松地回答。

生活对她而言，失去了意义。除了那些各种各样的公主裙，她对任何事物都不感兴趣。如果不是她还记得小时候曾经有过公主裙的梦，她在被同学救过来，也不愿意睁开眼睛。她醒来的时候，空空荡荡，却似乎知道以后的路怎么走。她以前的生活都太现实了，现实到只有钱是唯一可以考虑的问题。钱是努力的目标，也是压垮人心的稻草，更是评判成败的标准。她在这公主裙的幻想之中，心无旁骛，倾心劈力。现实的事物浑然不觉。无论她的裙子怪异还是难看，她穿起来都泰然自若。

我："为什么不去做设计师呢？自己创业岂不辛苦？"

"用我这样的设计师，你愿意吗？"

她强烈的个性，和不成熟的设计风格，恐怕只能被拒之门外。

我："你是想赚钱吗？"

她："真有点可笑。你为什么这样想？"

我："因为你父母需要你赡养。"

她："我给了我父母 8 万元，加上以前我给我父母的，够他们生活到老，我尽责了。"

我："那你为了出名吗？大多数人做设计是为了有名气。"

我一直问，我有太多的好奇了。

她："不，我只是想做公主裙而已。我打开煤气的一瞬间，是为了摆脱一切。这世间的一切，我都不再留恋。"

我："你的父母呢？你没有想到他们吗？"

她："一想到他们，我就头痛欲裂，我不想去面对，又无法摆脱。你们不懂那种悲伤。”

林雨吉停下，没有说话，她的眼睛望着小马路对面理发店旋转的彩色灯柱，没有悲喜。

张伟问她：“你后悔吗？”

她：“你是说我不见我的父母？还是我做公主裙？”

张伟：“两个呢？后悔吗？重新来过，你会怎么选择呢？”

她：“我现在的选择是对的。”

我觉得我们都在说废话。我极力想结束这样的对话，一点儿意义都没有。

我：“那你现在想怎么办呢？”

她：“什么怎么办？”

我：“咦，你这人，你怎么向你父母交代？”

她：“我为什么还要向他们交代？是你们回去怎么交代。”

我很气愤，说不出话来。

“那我们回去，你希望我们怎么和你父母说呢？”

张伟缓缓地问道。

她：“你们愿意怎么说就怎么说。”

张伟：“如果我们说，你不想回到他们身边来，你不觉得这样很伤害他们吗？”

她：“你能来广州，你就不会对我父母说这样的话。”

呵，她考虑得很清楚。

我：“你很冷漠，你周围的人有没有这样说你？”

她：“不用周围人说，我也知道。”

我：“你简直无药可救，你还上过大学，你还创业，你的裙子怎么会有人买？！”

我几乎想高声地喊，让大家来看看这个斯斯文文的女人是多么冷酷。

她笑了，简直是轻蔑地笑。

“你有爱过别人吗？很爱的那种。”

她的语气冷冽，面容有点狰狞。

“你有很爱的人，你的父母对你说，他给你50万，才能证明他对你好。你傻傻地站在你所爱的人面前，对他说要50万，结果被他爸爸赶出家门。你伤心欲绝，回到自己的家里，还被父母奚落嘲讽。你能当作啥事都没有发生，继续顺从你的父母，继续像以前一样生活？那你生活给我看！”

她字字句句、斩钉截铁，声音细小，盯着我的眼睛说。眼睛里是恐怖而又悲伤的表情。

她的眼神，让我想起我的前妻，她也有过这样的神情。

我沉默了，怔怔地望着她。

海鲜馆里，人来人往，却丝毫没有打断我们的谈话。

张伟开了一瓶啤酒，直接喝下了半瓶，呛得他眼泪都出来了。他放下酒瓶，吐了口气，继续喝。

“你自由了，却失去了归宿。”

张伟举了举酒瓶说。这是我听过他说的最有文化的一句话。

“祝你一切顺利。”

他对林雨吉说。

她想让自己相信，她已经做得足够好。她摆脱了过去而让自己获得自由，面对这种自由，她是欢喜，还是悲伤；是失落，还是身不由己……她不得而知。她在另一个环境里昂首挺胸，脚下却依然举步维艰。

林雨吉喝了很多啤酒。她拿起小餐馆里脏兮兮的话筒，唱了一首我从未听过的歌：

你站在星巴克的门口
你的脸上洒满了阳光
你在和谁通话呀
你的笑声撞到了我的胸膛
我小心翼翼站在角落
眼睛在追随你的方向
你那绿色的裙子经过
提醒我咖啡的滚烫
你的眼睛又细又长
我看到年轻的光
你的眼睛又细又长
笑起来都是温柔的模样
你的眼睛又细又长
眼角都是忧伤
你的眼睛又细又长
消失在远方 著名的远方

那是我永远不能到达的地方

林雨吉的眼里有光，不知道是眼泪还是希望。

我和张伟第二天就回到了重庆。下飞机，我和张伟先去见了林雨吉的父母。张伟买了很多广东特产，带给她父母。他也没说这是他送的还是林雨吉买的。他对老两口说：“林雨吉觉得愧对他们，无颜见他们，等她日子好了，就回来接他们，让他们安安心心过晚年。”不等林雨吉的父母多说什么，张伟站起来就走，我赶忙跟着出来。

我：“就这样？”

张伟：“还能怎么样？”

我：“老两口会不会有什么其他想法？”

张伟：“有想法很正常。”

我：“会不会去广州找林雨吉？”

张伟：“怎么找啊？连飞机票都不会买。”

我说：“也是哈。”

至于于晓静，她买回来的化妆品，因为没有地方堆放，她就放在了朋友的地下车库，一场大雨，雨水淹进车库，化妆品堵住了下水口。化妆品被浸透了一半，无法退货，也很难销售。我深感于晓静的贪婪，又可怜她的愚蠢，这事终究是因我而起，我觉得有些责任。于是，就借给于晓静 50 万元，让她还了欠别人的债。之后，我和她的来往就很少了。

六

生活又开始和以前一样按部就班。中午起床，下午喝茶，或者打牌。我把大把的时间耗费在小酒馆里，偶尔去接下孩子，和孩子吃吃饭，大部分时间孩子的生活学习都是前妻和我爸妈在照顾。我很轻松。

小酒馆的街道越来越热闹了，周围开了不少的小餐厅和茶楼，来来往往的人越来越多，我和我的朋友们总是坐在酒馆门口的灰木桌子边，抽着烟，喝着茶或者啤酒，嘻嘻哈哈地评论路过的女人和男人们。常常，张伟会过来坐坐，有时来吃个饭，有时就喝一瓶啤酒。偶尔，他老婆也来，我叫厨师炒几个家常菜，一盘泡椒仔姜肉丝，一盘番茄炒鸡蛋，一盘麻辣凉拌鸡。我们喝着小瓶的高粱酒，配上一碟油酥花生米，那真是美味佳肴。张伟只有在喝酒之后，话才慢慢多起来。而他老婆，则非常善于聊天，渐渐地，我们也非常熟悉了。她认识很多人，总有很多话题可说，但不知道怎么的，她给我一个感觉，就是她隐瞒了一些什么，她并不对人或者事发表过于真实的看法，这一点，与张伟不同，他心直口快，什么话也藏不住。

“他头脑太简单了，别人会当他傻。”

她说。

张伟也只是呵呵一笑，既不反驳，也不生气。

丁宜兰说：“不像你，你是很聪明的人。”

我：“所以他有朋友呀，而我呢，你看我这儿，人来人往，真有事，没有几个人还在。”

我打着圆场。我想，我是聪明的，聪明人并不喜欢聪明人。

临近春节的时候，县城热闹起来，有很多穿着光鲜，说着普通话的年轻人回来了。小酒馆里从下午就开始喧闹起来了。有一天，来了几个小女生，一进门，就脱了外套，扔在沙发椅子上，叽叽喳喳地说着什么。过了一会儿，一个身材高挑的女生站了起来，随口问我卫生间在哪里。她穿一件红色亚光丝绒的连衣裙，下摆蓬松，露出一层同色透明的网纱边。深红色的羊毛围巾遮住了领口，落落大方，明艳不俗。她从卫生间回来时，我笑着问她：“从外地回来过年呀？”女生又浓又长的睫毛往上撩：“嗯，你怎么知道我们是外地回来的？”

“我们这里的人没有进门就脱大衣的习惯。”

我指了指她们堆在沙发上的外套。

女孩子哈哈大笑。

“老板，一会儿我们还有朋友来，8个人，这个桌子有点小。”

“今天的长桌椅有人预订了，旁边的桌子给你们拼起来可以吧？”

“好呀好呀，谢谢！”

我给张伟打了个电话，让他晚上来喝酒。

我站在小酒馆的门口，冥思苦想，我可以断定这个女孩穿的裙子是林雨吉的玫瑰吉裙子。我想多知道一些信息，却又不敢贸然行事。

张伟到了后，我给他指了指那个女孩，张伟并没有明白我是什么意思。我把他拉到了外面。递给他一支烟，我们俩一边抽烟，我一边跟他说我的发现。

张伟："你确定？"

我："确定。"

张伟："有人买她家的衣服，有什么稀奇。"

我："你不想问问？"

张伟沉思了一下："那我去问问。"

我："你就这样去问？"

张伟啥也没有说，抽完烟转身进屋。

我跟着他一起进去。

他经过那群女孩的桌子，走过去，又退了回来。

"呃，你不是那个谁？"

张伟望着那个女孩，若有所思地问。

女孩没说话，迷惑地看着我们，站了起来："是指我吗？"

张伟："唐家林，你爸是不是唐家林？"

女孩："不是。"

张伟："哦哦，还以为是唐家林的女儿，看着有点像。你叫什么？"

女孩："范薇薇。"

女孩笑嘻嘻地说，并不介意。

张伟："你爸范国强？在农业局？难怪你这么高，你爸1米8，你妈1米7多呢！"

女孩："叔叔认识我爸爸妈妈呀。"

张伟："怎么不认识？以前我们经常在一起喝酒。你给你爸说公安局的，姓张，他就知道。"

女孩笑起来："张叔叔好。"

张伟："听你爸提起你，说你在广州，是吧？"

女孩点点头。

张伟："广州温度高，这边冷，不太适应吧？"

女孩："还好还好。"

张伟："你可得多穿点儿，穿裙子可不行，裙子挺好看，一看就不便宜。"

女孩："嗯嗯，出去就穿外套呢。"

张伟："这裙子什么牌子呀，回头我给家里人说，在网上买买。"

女孩："张叔叔好眼光，这个牌子叫玫瑰吉。我就给你们说，她们家的裙子很好看，是吧？"

女孩对她那些朋友说道，很自豪的样子。

"你当然会说她家裙子好看，你穿她裙子免费呀。"

有女孩一边调侃她，一边把我们餐桌上的小玩偶往上垒。

张伟："这裙子免费？这待遇好呀。"

女孩:“是的呀，张叔叔，我运气好，遇到老板，让我做她家的形象代言人，她家的裙子我随便穿。”

张伟:“有这么好的事呀。讲一讲。李老板，弄个椅子过来，听听故事。”

“是呀是呀，薇薇，还没有听你讲过呢！”

其他女孩也好奇地问。

范薇薇很开朗，一看就是那种善于社交的女生。

女孩们叫起来:“老板、老板，帮我们上啤酒，边喝边说。”

我:“好的，来两箱喜力，我请。”

范薇薇:“老板，那怎么好意思呢？”

张伟:“没什么不好意思的，他也是你爸的朋友。不敢收你钱。”

范薇薇:“谢谢张叔叔，谢谢老板。”

范薇薇开始讲，她的语速有点快:“你们也知道，我从小就长得高，学习成绩又不好，初中就出去念职业学校了。毕业后也找不到工作，做模特，一直也没有什么成绩，就帮别人拍拍广告，只要有活儿就接，也就能养活自己，这些年我都没有怎么回来，混得不怎么样。去年我和朋友买衣服，在他们店里接电话，和我妈妈在电话里吵架。老板正好在店里，很温柔地劝我，叫我不要和妈妈吵架，然后看我试穿她们的裙子，问我愿不愿意做她们的形象代言人，我当然愿意。

“我跟你们说，我也是在模特圈里混了七八年的了，不是她叫我代言就代言，我也是要挑选的，我们家的裙子，一定有市场，因为老板虽然低调，但是裙子的设计很有创意。我敢说，我没有见过几家服装比我家好的，不是那些很有名气的大牌就值钱。”

范薇薇信誓旦旦地说。

“她知道你是重庆人？”

张伟慢悠悠地问了一句。

范薇薇：“知道，老板好像对重庆情有独钟，叫我回去的时候，带些土特产回去。你说巧不巧，她叫我带的土特产，都是我们县的。”

张伟：“你经常能见到她？”

范薇薇：“没有，我就见过那一次。”

范薇薇转过头来，对旁边一个女孩说：“万万，我跟你说，你的那个服装店，一定要卖我们的服装，我敢保证，肯定能让你赚钱，你看看，这裙子多么漂亮。”

范薇薇热情而又直白。我不禁笑了起来。

“是。你穿起来好看，那是你的身材穿什么都好看，这裙子不够时尚，它太端庄了，不是吗？你们觉得呢？”女孩回应她。

“嗯嗯，这裙子好看是好看，就是觉得有点老气，我妈妈穿还差不多。”

女孩子们一个接一个地说。

“除了你，我们都没有听说过玫瑰吉这个牌子呢。”

“那好，你们说，怎样才能证明服装好？”

范薇薇有点脸红，气的。

“有名啊。”

一个瘦瘦的女孩说道。

“俗气。”

范薇薇大声说。

“你看看，你们穿的品牌服装，哪一个不是因为有名才穿的？”

瘦瘦的女孩指指周围女孩身上的衣服。

我给每一个女孩倒满了啤酒，问她们：“想知道我们的看法吗？”

“女为悦己者容，这个悦己，大概是男人。男人看衣服好不好看和你们自己看不一样，是吧？男人看女生穿衣服，大多是能显示身材优势、显示气质才算得上好看。时尚也是，时尚也是要掩饰你们的缺点，展示你们的优点，那才是好的服装，不是吗？时尚不是指特别或者怪异。是吧？”

我瞄了一眼那件名牌衣服，它面料硬得像书包皮面一样。我实在没有看出来哪里美。

范薇薇有些气鼓鼓的，听我一说，顿时就眉开眼笑。

“是的。”

我赶紧让她们喝起酒来，不再谈论衣服的事情。我和张伟也起身去了旁边。

等那群小姑娘酒后散去，范薇薇走过来跟我们打招呼：“叔叔，我走了，谢谢你的招待。”

张伟站起来：“你等一下，正好有东西带给你爸爸，一会儿就到。来，坐一会儿。”

范薇薇和同伴道别，她高出人家一大截，弯腰拥抱的样子有点可笑。她在我们的小桌子前坐下。

范薇薇：“不会是给他酒吧？我爸不能再喝酒了。”

张伟：“不是，你爸戒酒了，我们都知道。”

范薇薇：“那就好。谢谢啊。”

张伟：“听你刚才说，你挺喜欢这家服装公司的？”

范薇薇：“是的呀。”

我：“为什么？”

范薇薇：“因为老板很冷淡，没有那些人情世故。”

张伟：“哦，还有这样的。”

“是呀，在公司几乎见不到老板。每个人做自己的事，不需要应酬什么。她们一出新品，我就过去，我自己试穿很多遍，然后自己找感觉，可以了，摄影师就来拍照。没有那些复杂而又敷衍的环节。”

范薇薇继续喝着啤酒。

张伟：“那你要是拍得不好呢？”

范薇薇：“她们会问我裙子哪里需要改进，我就画个圈。有时，她们会遮住我的脸，我就知道，我的妆没有化对。你不需要说那些违心的奉承话。”

我：“你觉得老板人怎么样？”

范薇薇：“老板很高明，我问摄影师怎么拍？摄影师说，最舒服的状态就让他拍。因为老板说，女人在舒服和放松的时候是最有吸引力的。”

我：“你们公司销售好吗？”

范薇薇：“不是很好，老板重视产品的研发，不怎么懂销售，在我之前，她们公司连模特都没有。”

我：“刚才你的朋友那样说，你生气了吗？”

范薇薇：“生气啊，但是没有关系的。老板说：女人要有自己的判断。”

张伟：“你老板经常对你说什么？”

范薇薇：“老板不会跟我说什么。每次出新品，衣服都有一个主题，是老板定的，说是主题，其实就是一句话，我拍照的时候，要想着这句话，唉，有些我懂，有些我也不懂。”

张伟：“很难理解吗？”

范薇薇：“我觉得我可能懂了，又觉得没有懂。我妈说我就是念书念少了。”

小姑娘哈哈大笑。她是一个单纯的好姑娘。她的笑声干净利落。

我们问得太多了，担心范薇薇怀疑，我借口说服务员去我家拿东西，要等点时间，没有什么聊的，就了解下她的工作，没有别的意思。这，有点欲盖弥彰。不过，范薇薇是个很简单的女孩，她完全没有猜我们的心思。

服务员过来时，手里提着一个纸袋。

我接过来，递给范薇薇：“给你爸，云南的三七粉。上次说给他，忘记了。”

我和张伟站在门口抽烟。我们都没有说话。抽完一支烟。张伟甩下手，说了声：“走了。”

小酒馆满坐，有很多的年轻人。空气里都是潮湿的辣椒味。角落里堆放的酒瓶掩盖了那些发霉的地板，室内温暖的空调综合了酒和食物乱七八糟的气味。尽管如此，我还是喜欢小酒馆的冬天。嘈杂纷乱，像极了这匆匆忙忙的人世间。

过了大半年，张伟突然接到林雨吉的电话，向他借钱。

“她认为我会借钱给她吗？”张伟问我。

我：“你没有钱。”

张伟：“她不这样认为吧。”

我：“不用脑子，也知道你没什么钱。”

张伟：“那她为什么开口？”

我：“没有别的人能借了。”

张伟：“她是想通过我，向你借钱吧？”

我：“也有可能。不过以她的性格，她不会这样做。”

张伟：“这事有蹊跷。你怎么看？”

我：“很难说啊。”

张伟：“我们该怎么样做呢？你给出个主意。”

我：“是你该怎么做，她是找的你，别拉上我。”

张伟：“那她瞧不上你。”

我：“什么？瞧不上我？她冷漠无情、不懂人情世故，还瞧不上我？为什么？”

张伟：“那你能怎么样？”

我："等等，我找个人问问，我就要弄清楚，看她发生了什么事。"

张伟："你找谁？"

我："你不用管，我有人。"

我想起了桑音一，那个胖得像圆球的女人。我打通了她的电话。

"桑小姐，你好，我是李元，还记得我吗？"

"李总，哎呀，怎么会不记得你呢，你是来广州了吗？你还记得我，你真是太好了。我请你吃饭。你在哪里呀，我来接你。"

那边的声音就像爆米花炸开了一样，又像一连串的高音喇叭。

两个人极其热情的寒暄了好一阵，这才进入正题。

我："你还记得玫瑰吉吗？我想问问你，你有听到他们最近什么消息吗？"

她："没有啊，他们怎么了？我好久不去他们店里了。"

看来，她这里是打听不到什么。我也没有失望，因为本来也没有预想过会有什么惊喜。

我："没什么，就随便问问。"

她："嗯嗯，她们最近开了很多店。应该不错的。"

我："哦，是吗？"

她："我听我同事说，他们好像有钱了，又是开店又是做宣传，店面开在了广州最中心的地方了。"

我和张伟疑惑了，这不像缺钱的样子啊。

关掉了电话，我问张伟：“她向你借多少？”

张伟：“她说我尽我能力，那意思是有多少就借多少。”

我：“没有这样借钱的啊。”

张伟：“太奇怪了。”

我：“要不，你拒绝，看她怎么说。”

张伟：“她有她的难处。难道我们不帮她吗？”

我：“她真有难处，你这点钱也帮不上什么忙呀。”

张伟又开始焦躁地走来走去：“太烦了太烦了。”

我也是百思不得其解。

我：“你有没有钱嘛？”

张伟：“有一点儿。”

我：“有一点儿是多少？”

张伟：“差不多10万，存起来给我儿子上大学的。”

我：“那你就跟她说，你只有10万，看她怎么说。”

张伟真是不善于拐弯抹角。这些都要教他。

张伟：“钱在我老婆那里，还要跟她说清楚，说不明白，钱就拿不出来。”

我：“那就说不明白。”

张伟：“这钱，必须要借。”

我：“为什么？”

我吃了一惊。他脑子是出了什么问题吗？

张伟：“你刚才说了，林雨吉明明知道我没有钱，还向我借钱，那只有一种可能：迫不得已。我得帮她。”

我想起了林雨吉恐怖而悲伤的眼神。那眼神让人难忘。

我："那你就借，我不管。"

我不想再啰唆了。

张伟顿时心情好了起来，开始拉我喝酒。我忍不住想笑，他没有考虑以后收不回钱的后果吗？还这么高兴。

很快，我就证实了这是一个局。我的一个亲戚来给我送花生，他们自己种的，我按照市场价买下，在小酒馆里用。他告诉我，林雨吉父母准备在县城买个旧房子，看好了，大约十几万。我在想，这只有一种可能，那就是林雨吉给她父母汇钱了。我告诉了张伟。张伟并没有生气。他太相信他人了。

"可能有别的原因。"

他是不相信呢，还是不敢相信，这两者有很大的区别，但是又很难区分。

我："你借给她钱了吗？"

张伟："借了。"

我："她有给你借条吗？"

张伟："还没有。"

我："你是不是傻？"

张伟："她说有一份协议寄给我，还没有收到呢！"

我："你就不怀疑你被骗了？"

张伟："我相信她。"

我："你相信一个冷酷无情的人。"

张伟："你不要这样说她。我就是觉得她很可怜。"

我："你说说，她怎么可怜了？"

张伟："我也说不清楚，提起她，就觉得难过。"

我们俩争执起来。

我想，今天一定要和他说个明白，他总是稀里糊涂的样子。

我："她不管自己的父母，还用假死这样可笑的方式，来逃避自己的责任，她怎么还是可怜的人？"

张伟："每个人都有每个人的艰难。"

我："她艰难个屁呀，好好地大学毕业，可以有正当的工作。父母养育一场终得回报。不好吗？"

我声音高亢，我说得有理有据。

张伟："这么说吧，你前妻，如果不是她父母那样，你会和她离婚吗？当初你那么爱她。你前妻可以选择她的父母吗？不能。不能好好处理和父母的关系，她不是比你更无奈吗？为什么你还要责怪她呢？是不是一样的道理？"

张伟急了，他说话戳到了我的痛处。

张伟看我脸色拉下来，就赶紧说："我不是故意的，我不是这个意思，哦，我说错了。唉，怎么说呢，我……"

张伟极力想挽回他的话。可是已经晚了。

我沉默了。我无言以对。他说的一点儿都没有错。他不糊涂，糊涂的是我。

我从来没有好好反思我的婚姻，我甚至都不认为我应该反思。我一直认为自己毫无过错，而我婚姻的失败无疑是由于我前妻一手造成的。我前妻的父母、亲戚们难以理解的行为，在被我家一次次蔑视后，我前妻的愧疚，我未曾包容，未曾化解，更不曾为她担当过。我从来不曾想过，我总是心安理得，可是，失去了婚姻，又有什么意义？只看自己行为的婚姻，注定就只能是失败。

后来，我没有问过张伟，他借给林雨吉的钱怎么样了。

七

很快，中秋节就到了。小酒馆由着几个年轻的服务员布置成动漫主题的赏月酒会。门口和墙上都是漫威电影人物、奥特曼、哪吒、孙悟空，还有柯南和天线宝宝。我看着那些五花八门的人物海报，问他们："为什么没有嫦娥？"

"老板，你喜欢嫦娥？"

其中一个服务生问我，他总是戴着帽子，将帽沿压得很低，帽子下面露出浓密的短发。

我："你别问我喜不喜欢，中秋节源于嫦娥奔月，不是吗？"

服务生："嫦娥吃药，和我们酒馆风格不符。"

"她吃药怎么了？"

我很好奇。

"吃药不能喝酒啊，老板。"

我和他们一起大笑起来，从屋里笑到了门外。

几个服务生去整理剩下的海报。酒馆的窗户上挂了几个迪斯尼人物气球，五彩斑斓地飘扬。

有两三个星期，我没见过张伟了，因为我忙，几乎没有在酒馆里。我有几个云南的朋友来重庆，我陪他们四处转转，朋友是两家人都带了小孩。朋友的老婆和我前妻很熟悉，在最后一天时，叫我前妻一起来。我打电话给她，前妻答应把孩子带上一起来。为此，我做了充分的准备，虽然只是短途的旅行。然而，我前妻到的时候，是一个男人开车送她过来的。男人很健壮，短平头，大约三十七八岁的样子，比我年轻。我保持着很好的风度，面带微笑。男人下车，手里拿了一顶帽子，走到前妻旁边，戴在她头上，笑嘻嘻地说："这帽子和你裙子不配呀。"

我前妻："颜色不对吗？"

"不是，虽然和你裙子不配，但是，和你配呀。"

男人大声地笑。前妻也笑。

我不该叫她一起来，我承认我很难受。我还是问了问："你男朋友呀？"

我很想她否认，或者含糊其词。

"我老公，我们刚刚结婚了。"

她干脆利落地告诉我。

我心里很不是滋味："这么快，没听你说起过。"

我前妻："领了证，没办婚礼呢。"

我转移话题问："你爸妈身体还好吧？"

她："我妈妈身体不是很好。"

我："那谁照顾呢？"

她："我和我老公，还有我爸。"

我："你要开店，会不会有点辛苦？"

她："还好，家里请了个阿姨，家务就不用我操心了，阿姨厨艺不错。女儿很喜欢吃她做的菜呢。"

我是觉得最近女儿经常去前妻那边，有时周末也跑过去。

那一天的短途旅行，我很煎熬，如果不是女儿和两个同龄小孩玩得高兴，我可能就提议早点回去喝酒了。

回来后，我一直很郁闷，第二天朋友们离开了。我送朋友到高速公路口，回来时经过张伟家小区，我打电话给张伟，没有想到他手机关机，我突发奇想，想去找他。我根本没有去过他家。我开车进小区的时候，门口两平方米的保安室里一个老头伸出头来，他穿着深蓝色保安服，头发用发油梳成一缕一缕的，他说："没有车位没有车位了。"我说我找张伟。门卫的老头没说什么，拉上了狭小的玻璃窗口。我找了一个空位停车，然后打听了张伟家的位置。我敲开门的时候，是丁宜兰开的门，她对我的到来很吃惊。这时我才意识到我的行为有些唐突了。我不得不解释我的突然兴起。丁宜兰半信半疑："他在医院啊，你不知道？他手机可能没电了。"

我："他怎么了？"

丁宜兰："不是他怎么了。他没事。你那个亲戚林雨吉的妈妈病重，他在医院帮忙。"

我："那我去医院看看。"

丁宜兰："你去内科住院部问。她好像是肠胃什么病。"

我去了医院，很快找到了张伟，他正在护士站和几个小护士聊什么。看见我，他大声地说："你怎么来了？"

我："你手机关机了。"

他慌忙从口袋里掏出手机，看了一眼。对其中一个短头发瘦瘦的护士说："杨老四，来来来，帮我充下电。"

那个护士接过手机，帮他把手机放在里面一个房间充电，回头对他说了一声："你自己记得啊，一会儿我下班了。"

"要得要得。"

然后他拉起我到走廊尽头的阳台上，点上了烟。

我："你和这里护士很熟嘛。"

张伟："杨老四，杨丽英的堂妹。你不认识？"

我："就是我们吃饭时总是打包回学校的那个？当年很胖。"

张伟："就是她，现在一点儿都不胖了。"

我："对了，她妈妈情况怎么样？"

张伟："她说肚子痛，吃药都不管用。医生说先做检查，可能情况有些严重，一会儿去拍片。"

我："林雨吉知道吗？"

张伟："还没有给她打电话。"

我："还是要让她晓得哦，万一有什么呢，我们决定不了。"

张伟："我也是这样想。我手机在充电，用你手机打。"

这时，我才发现我找不到林雨吉的电话号码。只好等张伟的手机充会儿电。

"如果很严重，怎么办？"

张伟说。

我明白他的意思，万一是不治之症呢？

“不会的”。

我看了看里面，走道两边都是床位，一个个高挂的吊瓶支棱着。颜色淡白的被单，蓝白的病号服，家属也多是衣着灰暗，墙壁也很白，护士匆匆忙忙，脸上没有任何表情。整个场景有点揪心。

张伟：“她脸色苍白，走路都不稳。说是已经病了半个月了。”

我：“该怎么样就怎么样，你操那个心。”

张伟：“不操心怎么办？老两口找你，又不能袖手旁观。你去给他们说，不管他们？”

我：“那也是说不出口。”

张伟：“一会给林雨吉打了电话再说吧。”

那个叫杨老四的护士朝我们招手。

“来了。”张伟回应了一声。

我跟着张伟，他和护士说了几句，带我来到病房前，指了指里面：“你在这里看着，我去交钱。”

病房门开着，很安静。我站在门口，犹豫了一下，往里迈了两步，只见三张床，上面都是一堆白色床单，没见到人。

我再往里走，才看到第一张床床头的角落里坐着一个老头。

“林伯伯？”

这是一个不大的房间，里面三张狭小的病床，每一个床的旁边紧靠一个与床同高的浅褐色木纹柜子。小小的柜子上堆满了水杯、水果、药盒之类的东西。背墙放了三把椅子，椅子上方有一台电视。最尽头有一扇窗户，窗户下是一个折叠躺椅。房间里有点冷。三个病床上都有人，有两个病床的病人在睡觉，被褥很高，头缩在床单里，看不到人，只看到一点儿头发。旁边也没有家属。只有林雨吉的父亲默默地坐在小角落里，她的母亲悄无声息地躺着。

林雨吉的父亲靠在床边，望着墙上的电视，电视开着，却没有声音。他脸上很平静，没有焦虑的样子。他看得很认真，我站在他前面，叫他，他才反应过来。

我再叫他："林伯伯。"

他："李元，你来了。来，来，坐。"

我："怎么回事呢？严不严重？"

他："哎呀，有一段时间了，半个月了，她肚子疼，吃不下东西。疼得没有办法，怕是不行了哦！"

他说出这样的话，吓了我一跳。看看躺在床上的老太婆，没有什么动静，就好像没有听见一样。

我："嗯嗯，没得事，等医生检查哈。不着急。你吃过饭了吗？"

他回答我："还没有，在等医生。"

我："那你去吃饭，我在这里。"

他："不用不用，不饿，买了包子的，饿了就吃。"

他指了指床头柜。床头有一个白色塑料袋，里面有水、纸盒的牛奶和包子。

我看了看床上的老太婆，我们继续说话，她眼睛没有睁开。

我无话找话："要不要吃点儿别的？"

他："吃不下，她这个样子，我啥子也吃不下。"

我也不知道要说什么，还好，这时，张伟进来了。

张伟说："等一会儿去楼下做检查。这张单子你收好，出院的时候要用。"

老头看着我们两个："老太婆这样子怕是不行了。还要麻烦你们帮我拿个主意。"

我和张伟互相望了一下，对他点了点头。

张伟问了几句别的，对我说："我们出去抽支烟。"

男人说抽烟，就是有事情谈。

我们又走到了走道尽头的阳台上，烟刚点上。我就急急地说："给林雨吉打过电话了？"

张伟："打过了。"

我："怎么说呢？"

张伟："等检查结果出来吧，如果很严重再说。"

我："就这样？"

张伟："嗯。"

我："你是不是有毛病？这怎么行？谁在医院照顾？"

张伟："杨老四帮忙找了个很有经验的护工。我们不用一直在医院守着。"

我："林雨吉就不管？"

张伟："她怎么管？不为难她了。"

我不知道说什么了。

张伟让我去买些简单的生活用品，拿给他们用。

“这叫什么事。”

我嘟囔着，极不情愿地下了楼。

等我回到病房时，护士正在病房里换输液药。护士戴着严实的口罩，额头上有细密的汗珠，长了几个红疙瘩，闪闪发亮。林雨吉的母亲很虚弱。护士换药时叫她的名字，她不回答。护士又问，她把脸转向了另一边。

护士换好药，推着小推车往外走。

“杨老四，谢谢啦，回头我请你喝酒。”

张伟对护士说道。

“她不是说下班了吗？”

我疑惑地问。

“张警官不放心，非要我晚点下班，我就和同事换了个班。我又不是劳动模范，谁还不一样？”

杨老四没有看我一眼。

张伟对杨老四说：“这是李元，你姑妈的朋友，很多年前一起吃饭，你见过，还记得吧？那时你上高中。”

杨老四：“当然记得，打麻将赢了钱买了两只大鹅，关在卫生间里。”

张伟：“对对对，鹅被你吓得满屋子跑。”

杨老四：“是鹅把我吓着了。我跑出来，鹅跟着我跑。硕大的白鹅呀，直到现在，我都远离一切鹅，留下了阴影。”

我哈哈大笑起来。

“你小声点。”

杨老四很恼怒地说。

过了一会儿，一个中年妇女来了，中等身材，头发短短的，夹杂着白发，有点紧的衣服，颜色灰不溜秋，面色红润，看起来很精干的样子。她是医院请来的护工。

她一进门就问：“做了检查没有？”

张伟：“还没有。”

护工：“好久去做？”

“一会儿等护士通知。”

张伟回答。

护工问：“你是她儿子呀？”

张伟：“不是不是。”

护工：“那你是她啥子人吗？”

张伟：“是她小辈。”

护工：“她娃儿没来呀？”

张伟回答：“娃儿在外地，没有回来。”

我准备离开了。问张伟，是不是一起走？

护工瞄了我一眼：“你们有事就走嘛，我在这里，你们放心，有事打电话。这是我电话，你们留一个。”

护工从衣服里掏出两张小纸片，递给张伟，又递给老头子一张：“这是我电话。”

张伟看了下纸片，笑了起来。递给我看。名片，纸张很粗糙，字体很大，第一行是她的名字陈玲与电话号码。第二行：

医院护理，老人护理。第三行：专业、周到、仔细、放心。第四行：10 年经验没有任何差错。

“一天多少护理钱？”

我问张伟。

“200，贵是贵点，但是省心嘛。”

张伟说。

我望了张伟一眼。

张伟避开了我的眼神，没有说话。

我和张伟出来，我说：“这个护工有点贵哦。”

张伟：“杨老四说她护理得很好，是看她面子才来的，人家业务好得很。”

我：“林雨吉回不来，找个好的护理也是必须的，不然谁来照顾。”

进电梯的时候，张伟说他去找下医生，让我先走。医院电梯里的空气腐闷而又刺鼻，不敢呼吸。直到回到小酒馆，喝一罐冰凉的啤酒，我才忘记了医院的气息。

小酒馆里人不多，只有两对小情侣在吃饭。女孩子嘻嘻笑笑，谈论着她们上班的什么事。两个男孩子倒是很安静，各自看着手机，一瓶啤酒还剩下一半。其中，一个女孩子笑着依靠在男孩子的肩膀上，男生摸了摸她的头发，手指在她发丝上缠绕。

我想起了我的前妻，她也留着长长的头发，她喜欢染颜色，有时是棕色，有时是浅褐色，她还染过一次红色，整个人就像动漫里的娃娃。她不是一个温柔的女人，她是一个幼稚的女人，我不相信她会爱上那个比她年轻的男人，她不知道怎么样取悦男人，比她成熟的男人才能包容她、保护她。爱是专一的，且需要付出的。爱一个人时，要一心为他。而她的脑子里自始至终装着她的父母和她的原生家庭。

我想，我是不是还爱着她，这样的念头一出现，我自己就否定了，对于爱情这样虚无的东西，我从来不去深思。我是一个很实际的人，喜欢一个人，和你在一起，就对你好。她不开心了，那就分开了。没有什么大不了。爱情，因人而异，没有相同，那些电影电视里的爱情故事，我从来是不相信的。

“抬头。”

我叫服务员。二十五六岁的小子，大学毕业在北京工作两年，据说单位还不错，却辞职回来了，工作也找不到，他爸和我认识，非要来我酒馆里做服务员，长得体体面面的，给自己取别名，叫抬头，奇奇怪怪的。我问他，为什么离开北京回老家。他说，同事都是名校毕业，压力太大了。我说，老家也不轻松的，如果不是你老爸认识我，就连服务员都没得做。

“老板，什么事？”

抬头穿着一件黑色宽袖上衣，肥大的裤子。有点像漫画中的人物。

我：“给我换一个啤酒。”

抬头：“换哪个牌子？”

我：“这个苦得很，换一个别的。”

过了一会儿，抬头递给我一杯果汁：“这个甜。”

抬头，也不知道图啥，一个学金融的，来我这小酒馆做服务生。我跟他爸说，抬头是不是想自己开个小酒馆？让他趁早死了这条心。他就不是做这生意的料。整天闷声不响，笨手笨脚，来了大半年，打碎的酒杯超出 10 个。不过，他总是待在店里，最早来，晚上最晚走。我也懒得说他什么了。

小酒馆里人不多，我想早点回去，正准备走的时候，张伟打电话来了，火急火燎地叫我到医院去一趟。

我问都不用问原因，肯定是林雨吉她妈妈病情很严重。

我有点烦，这不关我的事，可张伟叫我了，我不能不去。

到了医院，我先看见了护士台里的杨老四，她额头上的红疙瘩很明显，不知道为什么，看见她，我就觉得有点滑稽，想笑。我和她打招呼，她看了我一眼，没理我。

张伟站在病房门口，看见我来了，拖着我就去了走道尽头的阳台。

我："怎么啦？她什么病？"

"她应该，应该是没有病。"

张伟有点结结巴巴。

"检查结果出来了？那不挺好的吗？"

我不理解他的行为。

张伟说，老太婆坚决不做 CT 检查，更别说肠胃镜检查什么的。一开始，他以为是她怕花钱，他就说这钱是我出的，反正我有钱，他们会相信的。老太婆还是不愿意。张伟气得不得了。护工跟张伟说，明天再说吧。张伟想这个护工很冷漠的。

没想到，她说，老太婆应该没有什么大病。张伟就奇怪了，一个护工，还能知道这个？护工说她扶老太婆去卫生间，老太婆自己推门就进去了，很有力气。有大病的人不是这样。她还听见老太婆说话，声音很大，不像有病。

张伟："我问护工，听见老太婆说什么了？护工说，在问谁回不回来。肯定是老太婆想借生病让林雨吉回来啊。我说得对不对？"

张伟有点激动。他认为他猜对了。

我觉得很有可能。不过，我们怎么样来证实呢？

我们俩抽了两支烟之后，决定去找杨老四。

当我们给杨老四讲老太婆不肯做检查时，她一脸平静。她说："你们去劝劝啊！"她眼睛圆圆的，看了看我们。

张伟："她坚持不做检查怎么办？"

杨老四："那就跟医生说，病人不愿意做检查，医生怎么说就怎么办。"

我："医生会怎么办？"

杨老四："医生也没有办法嘛，拿点儿药，先吃一段时间再看。"

张伟："如果有大毛病，怎么办呢？那不是耽搁了？"

杨老四："她血液指标都正常，应该不会有啥子大毛病。"

我："真的呀？"

杨老四："是嘛，我刚看过她的化验单。"

张伟："那就明天再说？"

杨老四："你们先不要走，一起去问下。"

到了病房，杨老四看了看吊瓶，走到老太婆身边。说："有啥子不舒服没有？"

老太婆还是不说话。

我说道："李嬢嬢，做检查很轻松，不痛的。你晓不晓得？"

张伟对坐在一边的老头说："林叔叔，你劝劝，去把检查做了。她生病，心情不好，你要劝她嘛，要不要得？"

林雨吉爸爸说："我劝了的，劝不动。老太婆不行了，我还是把她拖回去算了。"

张伟回过头又对老太婆说："李嬢嬢，你有啥子想法，给我们说嘛。"

老太婆还是不说话。

杨老四面带微笑："那就等明天一早医生查了房，再看情况。"

林大爷问："这样下去，不行哦。"

杨老四："那她不做检查，医生也不敢动手术，只有慢慢吃药哦。"

林大爷问："你看她这个样子，恐怕是没救了，我们还是回家算了。老太婆，要不要得？"

大家都看着老太婆，不说话，不知道怎么劝。各人有各人的心思。

杨老四蹲在老太婆床前，轻声地说："林妈妈，你看这样行不行，你啥子时候想做检查了就来找我，随时安排你做，不想做呢，就先吃药，也有效果的。不过，这个药呢，就是有点贵。”

杨老四叫她林妈妈，我觉得，这个护士很会体贴人。

老太婆眼泪下来了，没有声音。

张伟拉了下杨老四，示意往外走。

从医院出来 11 点了，县城很寂静了。街道宽阔、干净。

杨老四也下班了，张伟拉上她去吃烧烤。杨老四换了自己的衣服，取下了口罩，她的脸圆圆的，透着红，白色的毛衣，有点小，浅蓝色牛仔裤，黑色短靴子，一副洒脱的样子。比起穿白色的护士服，这个样子的她更亲近些。她是饿了，低着头猛吃，一大盘烤肉，加了厚厚一层辣椒粉。我问她：“你要喝点儿什么吗？”

她头也不抬：“冰可乐。”

烧烤店里还有一些年轻人，声音很大，看来已经喝了很多酒，空啤酒瓶在旁边有两三箱。我和张伟吃了一些羊肉串，喝啤酒。过了 10 分钟。杨老四大约是吃得差不多了，舒了一口气，满脸通红，站起来说：“很久没有吃过宵夜了。太好吃了。你们慢慢吃，我走了。”

她拿起塑料椅子上的背包，转身就走了。

我和张伟目瞪口呆。我和张伟还没有来得及说什么，她已经不见人影了。

我：“这杨老四，她多大了呀，三十几了吧。有点性格。”

张伟：“她很直爽。”

我：“她老公是谁？”

张伟："她还没有结婚。杨丽英说她高不成低不就，不爱搭理人。"

我："她不爱搭理人？那她怎么做护士？"

张伟："在工作中不一样呀。"

也不清楚是怎么回事，过了两三天，林雨吉父母就从医院回家了。张伟要出差，叫我去医院办理出院手续。我没有见到杨老四，问其他护士，说她前几天累坏了，刚去休息。有小护士认出我是小酒馆的老板，开玩笑说要来喝酒。我爽快地答应了，叫她们约上杨老四一起来。

过了两天，她们还真的来了。大约晚上七八点了，我推开小酒馆的门，杨老四正好进来，身后几个年轻的女孩子和两个30岁左右的男人。

"哟！来了，欢迎呀。一共多少人？我来安排位置。"

杨老四穿了一件深红碎花的连衣裙，外面套了一件长长的灰色毛衣，像一个家庭妇女一样贤良淑德。

"7位，李老板在呢，我们要里面那张长条桌。"

杨老四身后一个小姑娘笑嘻嘻地说。

我："好的，没问题。菜我来帮你们安排？还是你们自己点？"

"杨明姐，那就让老板帮我们安排吧，不要太贵哦，今天晚上我们AA制。"

小姑娘继续说。

我："今天晚上我请你们，前几天麻烦你了。"

我冲着杨老四说。原来她叫杨明，男女都可以用的名字。我很有诚意，虽然我看出来她并不想搭理我。

“那行，再来一箱啤酒。”

杨老四没有说任何客气的话。

小护士们欢呼起来，各自落座。杨老四额头光洁，那些红疙瘩不见了。

“老板，敬你一杯。”

我给他们递菜的时候，一个小姑娘说道。

我从旁边拿过一个杯子，倒了满满一杯啤酒，和她们碰杯。

“老板，听说你和我们杨明姐很早就认识了？”

鬼知道，当时我为什么没有拒绝和他们一起喝酒。我有一点不自在，看看他们，我在想我坐哪里合适呢。

杨明旁边一个女生站起来：“坐这。”

杨明看了我一眼，手里拿着一块排骨，指了指旁边：“坐呀。”

我笑了，对她说：“我敬你一杯酒啊，辛苦你了。谢谢！”

杨明：“谢什么呀，那是我同学的爸妈，你以为是帮你们呢。”

我：“你同学？林雨吉？”

杨明：“是呀。”

她坦然地啃着排骨。

我往她面前放了一瓶啤酒，给她杯子里满满倒上。

我碰了一下她的杯子，她用另一只手端起酒杯，一饮而尽。

我没有想到她喝酒如此迅速。我不得不也喝了一杯。

我：“你们是什么时候的同学？”

杨明："高中。"

我："你们毕业以后见过吗？"

我问道。杨明用圆圆的眼睛惊讶地看着我："你难道不知道吗？"

我："知道什么？"

杨明："林雨吉的事？"

我不知道她指的是什么，只好含糊其词："知道一点。"

"林雨吉太可惜了。"

杨明说。

我："你以前见过她父母？"

杨明："没有。"

我："那你怎么知道她是林雨吉的妈妈？"

杨明一边啃着鸡翅，一边说："林雨吉不是出了意外吗？我们高中同学筹了一笔钱，给她父母，捐赠的时候，写了她父母名字。"

原来是这样。

我："你们捐了多少钱？"

杨明："3 万多。"

我："那还不少。林雨吉和你关系好吗？"

杨明："我们关系很特别，她成绩好，我成绩很差。我们不一起耍。但是我们互相帮助。"

她沉默了一会儿，似乎还想说些什么。那些小护士来找她喝酒，她立刻笑容灿烂地喝起酒来。

那天晚上，我们再没有说起过林雨吉的事，都喝了很多的酒。从那些小护士都很听她话的样子，看得出来，她是一个懒散随性的人，外表冷静，无欲无求。那种拒人于千里之外的态度，其实并不是她真实的内心。这次喝酒，让我有点小小的激动，我一边紧张地思索杨明是怎么样一个女人，一边好奇从她这里可以得到林雨吉什么消息。显然她还不知道林雨吉还活着。

一直到晚上 10 点，他们才吵吵闹闹地离开。他们走了以后，我才觉得我有点头晕，我回忆我是不是说错了什么话，或者漏掉了杨明的什么话。我回味着她的话，我做了一些假设，我很好奇，林雨吉高中时与她的关系。

过了两三天，张伟来找我。

“你和杨老四喝酒了？”

他说。

我：“你怎么知道？”

张伟：“有人给我说了。”

我：“她们几个护士一起过来吃个饭而已。”

“你和于晓静怎么样了？”

张伟突然问我。

我：“很久没有见到她了，她怎么啦？”

张伟：“没什么，就是问一下。”

张伟笑起来，表情有点奇怪。

“我问你啊，你认真回答。”

张伟递给我一支烟。

我："啥子事，你看你，严肃得很，赶紧说。"

张伟："你觉得杨老四这个人怎么样？"

我："嗯，她怎么样？你是指什么？我怎么知道她怎么样？这个你不是应该去问杨丽英？"

我以为是什么大事，原来是问这样的事，我有些不耐烦。

"杨老四单身，你也单身，你们是不是可以……"

张伟直接说道。

我大笑起来："你一个警察，还兼职媒婆呀。"

"我也是受人之托，你就说句话，行不行？"

张伟被我笑得有点尴尬。

我："你受谁之托？"

张伟："杨丽英，除了她还有哪个？"

我："杨老四怎么说？先问她，她同意才来问我，这不是正常程序吗？"

张伟："她说，要得。"

我："真的？她还说什么？"

张伟："就说了两个字，要得。"

我看着张伟，一时间竟不知道做何回答。

张伟："你就说行不行，干脆点。"

我："要得，又不是马上结婚，两个人先相处嘛。"

我回答。

张伟："那就行，但是有一点，你和于晓静不要藕断丝连的哈，有啥子事处理干净。"

我:“我和她没有事情了。”

张伟:“那就好。”

他说完，准备转身离开。我拉住他:“就这样了?”

张伟:“啊，还要怎么样?我给人家回个话，就说你同意了，后面就是你们的事了，我管不着那么多。”

我:“你晓不晓得杨老四和林雨吉是高中同学?”

张伟:“什么?她们是同学?巧了。”

我:“那我是不是要把林雨吉的事和杨老四说呢?”

张伟:“那是你们两口子的事。你爱说不说。”

刚刚才介绍，就把我和她归为了两口子，我有点想笑。

我:“行行行，我晓得了。”

“不要忘了请我喝酒啊。”

他回头说了一句。

我坐在小酒馆的门口，有一点欣喜。这时我才想起，我没有杨老四的电话，我叫张伟把她微信给我。杨老四很快通过了我的微信。

我发了一条信息给她:“几点下班?我来接你吃饭。”

她回答我:“7 点，不用接。”

我:“在我小酒馆，还是另外找个地方?”

她回:“江湖横行兔。”

那是一家餐馆的名字。老板是一对夫妻，和我是认识的。

我 7 点前到了，这家餐馆没有包房，餐桌之间是用竹栏隔开的。

我坐在靠角落的位置，杨老四进门时，我就看见了她，她穿了一件黑色外套，里面是一件软塌塌的碎花衬衣，牛仔裤。她的穿着普通得不忍细看。我把菜单递给她，让她点菜。她说不用菜单。她叫来老板娘，老板娘和她很熟的样子，热情地打招呼：“就你们俩呀？哎哟，原来李老板是等我们小杨啊！想吃点什么？”

杨老四很快点了几个家常菜。

老板娘问：“要不要喝点儿酒？”

杨老四说：“不用了。”

菜上来的时候，老板娘拿来两个玻璃杯：“这是我自己酿的米酒，甜甜的，好喝。”

我看了看杨老四，她接过酒杯，递给我：“喝一点儿。”

我在想和她说些什么：“呃，也不知道和你说些什么，你问我答。”

“你想知道林雨吉？”

她直接说。

我点了点头：“我和她父母是远房亲戚。”

杨老四：“是你前妻吧？”

我：“对对，她母亲没有什么大毛病吧？”

杨老四：“那次住院，他们就很奇怪，进来时说病情很严重，又不肯做检查，血液各项指标也正常，她自己说痛，又说不出具体怎么痛。后来，我给她看了医院账单，她说怎么那么贵，就很快出院了。”

杨老四轻描淡写地说。

“回去的时候精神很好的。”

杨老四看了我一眼。

我赶紧说：“我去接他们回去的。”

杨老四：“你们还经常有来往？”

我：“那不是因为林雨吉的事嘛，老两口可怜。”

杨老四：“你还是个热心的人。”

杨老四和我碰了一下酒杯。

“林雨吉太可惜了，她应该是可以做大事的。”

杨老四叹息，脸上悲伤。她是一个平静的人，脸上不露悲喜。此刻，却动容了。

我：“她很优秀吗？”

杨老四：“她不是很优秀，但是她很有自己的看法，她是一个坚定的人。”

我心想。她的确是坚定，坚定得自私。

杨老四慢慢地给我讲高中时，她们之间发生的故事。其实，那些故事都很平淡无奇。

杨老四：“你是没有见过林雨吉，见过她，你也会觉得她有点奇怪。”

我：“见过。”

杨老四：“你什么时候见过？”

杨老四盯着我。眼睛又圆又黑。

我停顿了有1分钟，终于说：“一年前。”

杨老四："一年前？"

杨老四没有惊讶。

杨老四："你怎么见到她的？"

我："她活得好好的。"

杨老四："你不是在开玩笑？"

我："她在广州，自己创业。"

杨老四："她看起来开心吗？"

我："开不开心我不知道，反正她在做自己的事，很专心。"

杨老四："说一说她的情况。"

我："你很关心她？"

她摇摇头，她没有说话。

她停顿了一会儿说："当时知道她出了事，我并不吃惊，我觉得是意料之中。她很努力，却总是忧心忡忡。她对于未来，一点也不觉得美好。她总是说，那些丧气的话，我非常害怕。可我却没办法阻止她的想法。"

我："她忧心什么呢？"

杨老四："我不知道。但我可以肯定她不开心。有一些同学是假模假样的，少年不知道愁滋味，为赋新词强说愁。她不是，她是真的忧愁。高三的时候，有一个隔壁班的男生追求她，送给她一个上面有签名的篮球。她很喜欢。那段时间，我很担心，这个男生一时的感情，会给她带来更大的打击。他们一直到毕业还很好，后来怎么样，我就不知道了。"

杨老四："其实，我和林雨吉关系并不亲密，我们连好朋友都算不上。”

我给她夹菜，碰到她的手，冰凉。她微微笑了一下。

杨老四：“林雨吉的那个服装叫什么？”

我：“玫瑰吉。”

杨老四：“你相信有一天她会回来吗？”

我：“不知道。”

杨老四轻声说了一句：“回不来了。”

林雨吉这件事，我们并没有讨论出什么来。不甘，我和杨老四的关系倒是一下子亲近了很多。

我认为，我会和她慢慢走下去，但我还是没有想结婚的念头。

深秋了，还有一些闷热，没有一丝的风。即使夜晚，还没有凉意。我和杨老四坐在小酒馆门口的小桌子旁，有几碟小吃和卤味，电扇呼呼地吹，让人很疲惫。杨老四和平常一样，话不多，说着一些医院的事情。这时，我看见于晓静和一个中年女人一起走了过来。我有一点不自在，我好久没有见她了。我在想要不要打声招呼，我想还是不要了，她或许就是路过而已。没想到，她径直来到我的桌子跟前。然后，她看了看杨老四。

她穿了很修身的连衣裙，颜色艳丽，外面穿一件灰色的风衣。头发烫了卷，有些妖娆。

她看杨老四的眼神充满了蔑视。杨老四穿了一件宽大的白色毛衣，浅蓝色的牛仔裤，手里拿着个鸡爪，啃得满嘴是油。

她们俩有太大的差别。

杨老四没有在意，我有点心慌。我还没有来得及站起来，于晓静就端起桌子上的冰柠檬水，泼向了杨老四。

杨老四呀了一声。

我大吃一惊，站起来，吼道：“你干什么？”

于晓静：“你不是说你不会结婚吗？你个虚伪的骗子。”

我：“我结不结婚，和你有什么关系！”

我气急败坏地拿起纸巾去擦杨老四的脸。杨老四抓过纸巾，自己擦脸，她没有说话。

我：“对不起，对不起。”

我用纸巾试图去擦她白衣服上的水渍。

于晓静身边的中年妇女，拉了拉于晓静：“晓静，不要这样。”

我很尴尬，满脸通红。

于晓静的嘴唇动了动，好像要说什么，但却没有声音。我很生气，火冒三丈。

我：“你想干吗？”

我说：“你到底想干吗？”

于晓静旁边的女人，使劲地拉她，想把她拽走。

于晓静僵硬地站在对面，面容有一些扭曲。

我回头去看杨老四，她在整理自己的衣服。

于晓静快要哭了，我不知道该干什么。好在于晓静身边的女人，拉着她很快离开了。

我万分尴尬。

我：“对不起对不起，我们坐里面去吧，我叫服务员来收拾一下桌子。”

杨老四淡淡地说：“没事，只此一次，没有第二次。”

杨老四眼神平静。她什么也没有问。

她不问，我也就不想说于晓静的事。

几个服务员往外探头，又不敢出来。

我：“你不要误会啊，我和她真的没有什么关系了。”

杨老四：“我知道你们没有关系。”

杨老四很平静，我松了一口气。

我：“明天你不是休息吗？我陪你去买衣服吧。”

我指了指她身上被水沾湿的上衣。

杨老四：“好呀。”

她没有推脱。

我缓了缓，我们都没有说话，过了一会儿，她开始讲她的小时候，她是一个善良的女人，她极力缓解我的尴尬。她对我讲，她在狭小的平房中度过的快乐童年。她的母亲很爱整洁，家里总是干净整齐。日复一日，她母亲从早忙到晚，总是在家里收拾着。而她的父亲，开了一个小商店，为此早出晚归。

杨老四：“我爸对我没有任何要求，说我长大了，就继续守着那个小商店，赚点钱足够我生活。”

我：“那你为什么做了护士？”

她吃了一些水煮的花生，花生壳在她面前的小盘子里堆积着。

杨老四："我成绩不好，高中毕业，只考上大专，我堂姐给我选的护理专业。"

那天，送完杨老四，鬼使神差地我去了风信苑。我在那里有一套100多平方米的房子，装修好了之后，没有怎么入住。离婚后，我一直和父母住在一起。房间里很整洁，也很干净，看来我母亲经常来这里打扫。我走进厨房，锅碗瓢盆整整齐齐。又来到卧室，绛红色厚重的窗帘，深蓝色的床单，床上空荡荡的。换了窗帘，买好床上用品，这房子就可以入住了。

八

我突然想结婚了。

我站在客厅，望着宽大的电视机不知所措。我不知道怎么用日常的语言来表达我的生活。大家随意谈论着爱情、婚姻、人生，随时将这些词挂在嘴边。所有的小事小行都要上升到爱情、婚姻、人生的意义，使它们的本质荡然无存。他们辨认不出什么是真正的爱情，什么是婚姻的真谛，什么是人生的意义。那些高谈阔论的言语，假模假样的哭笑，没有打动过我。但是，杨老四对于泼到她脸上的冰水，毫无愠怒的模样，却让我心生崇敬。我想和她站在一起，握紧她的手。

接下来的一段时间，我很忙，我和杨老四经常约会，我把风信苑的房子重新布置了，添置了一些新的家具和装饰品。我征求杨老四的意见时，她总是两个字：都行。我们开始商量结婚的事情，大致定在春节。那时，她可以休假。很快就到了冬天，小酒馆的生意忙碌起来，天气潮湿而又寒冷，大家都想拥挤在狭小而热闹的空间里。

那一天晚上，7 点不到，酒馆里已经人满为患，墙上的海报被换成了各种各样穿长裙的女子。有些是电影里的画面，有些是街边日常拍摄，大多数是背影，或者掩面而笑。长裙颜色各异，有红、绿、白、黑、紫、蓝、粉，红色居多，灿烂而又浪漫。我和杨老四在高高的酒柜旁边，我站在小梯子上选酒，杨老四在看酒上的标识，她现在已然有点老板娘的样子了。小酒馆的门开了，有几个女子依次进来，我看了看，叫了一声离我很近的服务员，服务员对她们摆了摆手，示意没有位置了。她们并没有马上离开，环顾四周，笑嘻嘻地说着什么。就在这时，我看见抬头飞奔了过去。他来到门口女孩前，站在其中个子最高的女孩子面前，对她说着什么。女孩子很面熟，我一下子想不起来是谁。只见女孩子点了点头，而抬头则转身走向吧台，朝着梯子上的我说了一声："老板，我把客人安排在楼上那张桌子。"说完就飞快地跑上了阁层。阁层本来是一个堆放食材的地方，认识杨老四以后，我们俩经常在酒馆里吃饭，我就在隔层靠近栏杆的地方放了一张小木桌。木桌是我从云南带回来的，据说是民国时期的旧物了，1 米长，宽度不到 70 公分。厚厚的红木桌面虽然磨损了许多，却很结实，桌角刻了马蹄的纹路，两个抽屉上有铜环的拉手。杨老四在上面铺了一张红色带雪花的桌布，有点像圣诞节的样子。这张桌子从不对外，我俩吃饭，还可以看到下面酒馆的情况。我从梯子上下来，抬头已经收拾好桌子下来，手里拿着我们的两个包和衣服。

抬头："老板，这个放你车里，你车钥匙给我。你要用的时候我再帮你拿。"

我："哎，你怎么回事。"

我没有反应过来，他从来没有这么积极迎客。平时，他总是一副沉默寡言的样子，有事叫他，他才动一动。我给他爸说过很多次，他根本不适合做服务员，一点机灵劲儿都没有。今天，他很奇怪。

我有点生气，从他手上拿过来包和衣服。

我："你给我放回去，我一会儿还要在这里吃饭呢。"

抬头："不行，这张桌子有客人了。"

他非常坚决地说，我很诧异。有客人在叫服务员，他也不理。我对他这样的服务员，算是忍受了。我一边走向门口，一边对他说："我去和客人说。"

他猛然拉住我："你不能推掉客人。"

我有些生气了，他今天脑子是出了问题吗？

我走到几个女生前，抬头一步不离地跟了上来。

"李叔叔。"

高个女孩笑嘻嘻地叫我。

我这才看清眼前的女孩："范薇薇，你回来了。"

范薇薇："是呀是呀，刚回来两天，我们哪里可以坐呀？"

"上面上面。"

抬头抢先回答，生怕我拒绝似的。

我觉得有些好笑。

我："抬头，你先带她们上去。"

抬头："好的好的，你叫范薇薇？我叫陈子轩。"

抬头引她们上去，非常热情。

我回来给杨老四说，这个抬头今天不一样。

杨老四说："他们认识？"

我："谁？"

杨老四："那个女孩和抬头。"

我："不认识。"

杨老四："那就是抬头喜欢那个女孩。"

我："你说什么？"

杨老四："我说抬头喜欢那个女孩。"

我："不可能。"

杨老四："抬头一反常态，只有两种情况，或者认识，或者喜欢，没有第三。"

我："一见钟情？这也太快了吧？"

杨老四："那女孩刚进来的时候，我看见了，她太出众了，抬头嗖一下就跑过去了，没有半点的犹豫。"

我："我去看看。"

杨老四笑了起来。

我拿了一瓶红酒上去，见抬头半蹲在范薇薇旁边，给她介绍菜。

我："薇薇，送你们一瓶酒，欢迎你回来。"

范薇薇："谢谢李叔叔。"

我："抬头，她们的菜，跟厨房说一声，少一点儿辣，她才回来，不适应呢！"

"好的好的。"

抬头答应着，并不马上离开，脸红红的。我想，杨老四还真猜对了。

我指着抬头："薇薇，这可不是我小酒馆的服务员，人家在我这里体验生活，他是学金融的高才生，之前在北京上班。"

显然抬头没有想到我这样说，很激动："老板……"

范薇薇："哎呀，气质就是不一样。我也是在外面工作，我在广州。"

"我，我喜欢广州。"

抬头有点结结巴巴。

另一个女孩说话了："去年我们吃饭，是不是你？也是在这里，我们出门了，薇薇围巾掉在地上了，是你送出来的。"

抬头："是，是我。"

女孩说："我当时就说，这个男生肯定是从外地回来的。"

我瞄了一眼抬头，原来是这样呀，他还是个深情的男人。在我这里一年，就等人家呢。

"李叔叔，你知道我怎么判断他是从外地回来的吗？"

女孩子大笑了起来。

我:“怎么回事呢?”

“他叫我们小姐,哈哈哈哈哈,小姐,小姐,你们的围巾。”

女孩子学着抬头的口气,三个女孩笑得前仰后合。

“当时,我们就在背后骂他,一点礼貌都没有。”

抬头脸更红了。不知道该说什么好。

“抬头,今天晚上你请客,谁让你叫她们小姐?”

我有点不高兴。

“你为什么叫抬头呀?”

范薇薇问。

“因为,因为……”

抬头简直无法说话了。

“抬头,你先去拿酒杯。”

我给他解围。

我:“一会儿抬头来陪你们,我先下去了。”

范薇薇:“谢谢李叔叔。”

我和杨老四准备吃晚饭,杨老四接了个电话,让她回一趟医院。我们简单地吃了一个炒饭,用了不到10分钟时间。杨老四离开后,我又去了阁层。

三个女孩和抬头聊得热火朝天,抬头完全不是平时沉默寡言的样子。他正在给她们讲北京的趣事。我站在栏杆处,看着她们。范薇薇看见我:“李叔叔,来,喝一杯。”

我:“好,还要来点什么菜吗?”

范薇薇："不用不用了，菜太多了，都放不下了。"

抬头："哦，我下午煮了金橘汁，你们等下，我去拿，非常好喝，我自己研究的配料。"

抬头说道，完全没在意我吃惊的表情，站起来迅速下了楼。

我："你还在玫瑰吉工作吗？"

趁她们暂时停歇，我问范薇薇。

范薇薇："嗯嗯，我们老板很喜欢我，我们出了很多新款。我刚刚拍完了一些，回来休息下。"

我："那挺好，这些菜怎么样？"

范薇薇："这个麻辣鸡块，太好吃了，李叔叔，我加你微信吧，我想吃的时候，你寄给我。"

我："好呀。"

抬头飞快地跑上来。手里是一大罐玻璃瓶的金橘汁。

"太好喝了。"

范薇薇喝了一口，惊叹道。

"这是你们酒馆的饮料吗？"

另一个女孩问道。

"不是，是我自己做的，试了几次才做成的。老板，你放在店里的一筐金橘，没人吃，我就拿来做金橘汁了。"

抬头很自豪。

我尝了尝，温甜中带一点微微的苦味，就好像晴朗的天空洒了一点细雨。

“多做一些，在店里出售吧。”

我对抬头说。

抬头连连点头，欢天喜地的。

“这款饮料名字我想好了，就叫：微微抬头，仅提供女生。”

抬头热切地望着范薇薇。

“好呀，这个名字好，那以后我来喝都是免费。”

范薇薇毫不扭捏。

我暗自叹息，抬头初涉情场落花有意，而范薇薇恐怕是见多识广流水无情。年少时的感情，出自本能，直到经历世事，感觉变得迟钝，所谓周全的思考占据上风，才开始权衡利弊。

抬头额头上冒出细密的汗珠，眼睛里是毫不掩饰的欢愉，他认真望着范薇薇，听范薇薇讲广州的凉茶一点也不合她的口味。我看着他们，禁不住笑了起来。

我想起来林雨吉。她的父母淳朴善良，女儿聪明优秀，本可以苦尽甘来，一家人美满相聚，尽享天伦之乐，而林雨吉不可思议的念头，击碎了这些。在我看来真是残酷。这事很快就过去了，它发生了和没发生几乎一样。一切同样继续，并没有谁因为这事而悲伤。她的父母像过去一样生活着，生活在原来的地方，林雨吉在实现着自己所谓的梦想，仿佛一切都没有变化，和林雨吉自杀不自杀毫无关联。

她的冷酷和自私会令人恼羞成怒，可又觉得，她说的不是没有一点道理。也许，我们高估了一个人对于另一个人的影响，即使这个人是我们的至亲。我们只是，对别人没有听从我们的意见而恼怒，而厌烦。这算不算我们的虚荣？而不是别人有过错。

一个人怎么可以完全无视他人的感受，更何况父母？我们生下来，就和这个社会、这个世界、周围的人，有了千丝万缕的联系。我们根本不可能孤立的。我们怎么会不渴望父母的亲情呢？

在社会交往中，我们在意别人是否接受我们，就好像眼前的抬头，他极力想被范薇薇认同。他只见她一面，只看见她外表的靓丽和短暂的一颦一笑，对她毫无了解，却为之动情。不顾父母决然的反对，辞掉北京稳定的工作，守候一份并没有把握的爱情。他毫无保留地表现自己，没有一点的虚伪。将平日里漠然的个性掩藏起来，此刻却在热烈地爆发。谁会去阻挡呢？我甚至为之欣赏和欢呼。

他与林雨吉有什么两样呢？而我们却是完全不一样的态度和想法。

我想起林雨吉给我们展示她的服装，她一件件给我们看，她知道我们不会欣赏，还是一件件给我们看，我们没有赞美，她也不在乎。我对服装完全不了解，只是随意地看，除了那些颜色让我眼前一亮，我发表不了任何意见。林雨吉兴趣盎然，也很激动，仿佛这些服装可以表达什么。我觉得它们就是一件件裙子，普普通通的裙子。没有什么情感，也没有什么新奇。如果这些裙子出人意料，让我惊讶到女生的与众不同，我也许能找到一些她抛弃父母的理由，可是我错了，我理解不了她的表达。这些服装给我最后的印象是，为了表达女性的某种状态，这种状态既不是年少又不是成熟，介于两者之间，或者说两者都有。她试图将两者联系在一起，在这其中，我感受到一种：无奈与同情。这样的感受，多半是因为我想到了她的父母，而这明显影响了我对她的判断。

在接下来的时间里，我忙着准备婚礼、布置新房。张伟打电话来，问我婚礼准备得怎么样了。我才想起来，我好久没有见他了。我约他来小酒馆聚一聚。他破天荒地说，到他家里聚吧，小酒馆太吵了。

我接了杨老四一起去张伟家，他搬家了，在新城区，这几年，新城区突然冒出来很多高楼，还都住满了人，也不知道是从哪里冒出来那么多人。

我们在他家宽大的客厅吃饭，客厅大约有 30 平方米，没有什么家具，五人沙发，一个小茶几，靠墙有低矮的电视柜，却没有电视。客厅靠近阳台的是一个 1.2 米左右的白色简易圆桌，几把同样颜色的木椅子。张伟下厨做了几个家常菜，菜式不多，每一道菜分量都很大，用大碗或不锈钢盆装着。张伟开了一瓶白酒，说是放了几年的好酒。

我们边吃边聊，说一些婚礼的事，杨老四和他们俩都不陌生，随意聊些家常。我给他们说起范薇薇和抬头的事，抬头已经打算春节后就跟范薇薇去广州了，现在在酒馆里心不在焉，只要范薇薇不来酒馆，就见不到他人。

接着，我们自然而然谈起林雨吉。

我突然想起："你借了钱给林雨吉，她还了吗？"

张伟喜滋滋地说："没有。"

我："怎么回事呀，你问过吗？"

"我跟你说呀，我借钱给她以后，她寄了一份协议给我，说是投资协议，分红分了好几次了，本金都收回来了，以后我的烟钱是有保障了。"

张伟兴高采烈地说。

丁宜兰说："她是不打算回来了吧？"

我："不清楚呢。"

张伟："说不定哪天回心转意，就回来了。"

杨老四："她不会回来了。"

她很笃定地说。

我们仨都看着她。

杨老四喝了一点酒，比平时话多一些。

"林雨吉外表看起来一点也不起眼，蔫不唧的，心里是有想法的。她做事吧，不留余地。她初中是在很差的乡镇中学，考高中时，只填报了我们学校，如果她考不上，她要么回农村了，要么复读。"

"我问她，你很有自信吗？她说没有。那考不上高中怎么办？她说她就回农村了。"

我说："回农村？她父母怎么想？不生气吗？她怎么不考虑别人的感受。她内心不难过吗？"

杨老四并不反驳我，继续说："我认为，她的生活很丰富呢，去广州好多年了，一个人闯荡，艰苦困难的日子，她是怎么过的，这些经历都可以写成书了。"

丁宜兰说，我们不知道她和父母之间如何相处的，她父母都是农民，哪里能够理解她的想法嘛。林雨吉不满意父母的有些做法。如果她行事的方式不符合父母的想法，父母肯定是失望的。对她父母而言，她能读完大学，是他们辛苦得来的，那就应该报答，甚至百依百顺。父母容不得半点失望，那矛盾肯定大嘛。父母想把她拴在自己身边，也不是不可理解的。

杨老四说："父母不能把儿女当私人物品。"

张伟："她肯定也不好过，她一定有自己的难处，才作出这样的选择。"

如果说她把爱情看得高于一切，她父母阻碍了她和她的男友交往，导致了她今天的所为，可是她至今并没有和谁在一起。她对金钱并不热衷，对于名声也不在乎。她的头脑中只存在幻想的东西。

我给他们看范薇薇的微信，她的朋友圈里是她的照片，穿着玫瑰吉服装的照片。不得不说，这些服装很有艺术性，干干净净的背景，干干净净的女孩穿着单色的裙子，线条流畅简洁，画面没有多余的色彩。

我翻到一组照片，上面有主题：“自由在哪里，归宿又在哪里。”背景是空荡荡看不到尽头的马路。

我突然问张伟，你说过一句话：“得到了自由，却失去了归宿，你记得吗？”

张伟说：“那不是我说的。”

张伟给我们讲了一个故事。

有一天，他去派出所，看见一个老头，西装衬衣，白发整齐，坐在长椅上，闭眼休息。他随口问了一句，这人谁呀。所里的民警说，老头经常来派出所睡觉。问他什么也不说，让他回去，他就走，过了一两天他又来，来了吧，很安静，看看书，看看报纸，睡一觉，问他身份证，说没有带在身上。我们不好赶他走。张伟和老头打招呼，老头很礼貌地点点头。张伟泡了两桶方便面，递给老头一桶。他走到派出所外面的走道上，老头跟着他一起出来。两个人坐在走道的石头栏杆上稀稀呼呼地吃着面。吃好面，老头用手抹了抹嘴。张伟递给他一支烟，老头迟疑了一下，接了过去，在一片烟雾里，老头笑了。

他对张伟说：“你知道月亮为什么看起来很冷吗？”

天空上一轮明月。

张伟疑惑地摇摇头。

“因为呀，这世间不欢喜，它看着难过。”

老头文绉绉地说。

“你是老师吧？”

张伟问他。

老头:“你看出来了?哦,是不是很可悲?”

张伟:“老师受人尊敬,并不可悲。”

老头:“我说可悲,是指呀,你一眼就看出了我是老师。”

张伟并没有明白他的意思。

老头继续说:“我这辈子呀,西装革履,文质彬彬,在外面是斯斯文文,一看就是老师,谁规定老师只能西装革履呢?”

张伟:“那也是没有人规定的。”

老头:“我也是这样认为的,没有人规定人的穿着,但是在我家里,就是被约束的,我的衣服只有西装和衬衣,不能穿裤衩,不能抽烟喝酒,不能躺在沙发上,剔牙只能锁在卫生间里。”

张伟:“你老婆管着你的?”

老头:“除了她还有谁?我用手抹嘴呀,我老婆就批评我斯文扫地,一连数落好几天。我是受够了的。我70岁了,不想再受管制了。你说是不是?你们派出所里来的犯人,你们还给他抽烟呢。我不要说抽烟,口香糖都不行,我老婆说口香糖吧唧个嘴,一个大学教授像什么样子。”

张伟:“所以,你就离家出走了?”

老头:“我要和她离婚,她不离。说离婚了就毁了她一生的清白,被人唾弃。她只有去死。”

老头:“不离婚,我就天天在外面,到处闲逛,这两个月去过的地方，比我几十年去过的地方都多。”

张伟：“你的儿女呢？”

老头：“都在外地。”

张伟：“你怎么不去找他们？”

老头：“我的身份证被我老婆拿走了，我不能坐飞机，不能住宾馆。我的手机也没有，都在我老婆那里。”

张伟：“那你准备一直这样？”

老头：“这样挺好的，我很满足。我一无所求，就希望这样活下去，一直到老。”

张伟：“你很满足吗？”

老头：“是的。我得到了自由，却失去了归宿。那又有什么要紧呢。我已经 70 岁了，我的归宿不远了。”

后来，张伟再没有见过那老头。派出所的人说老头有一天提了水果来感谢他们，然后就再也没有来过了。

不知道他得到了自由，是不是也有了归宿。

那天晚上我们喝了很多的酒，第二天清晨，杨老四把我叫醒。我想起来，今天应该去预订婚礼的酒店看看，我和她在楼下的小面馆吃了早饭。一路上，天空雾蒙蒙的，道路两边的植物都没有什么精神，颜色很暗沉，和这个冬天一样。

街边有一个水果店，门口堆满了长长的带着青叶的甘蔗，一个身材粗壮的中年妇女，她灰白的头发剪得很短，红色的围裙污糟糟的。她在飞快地削皮。她黑黑的皮肤上布满了皱纹。

我不知道她的名字，不过，我熟悉她，她偶尔会给我的小酒馆送送水果。我想和她打招呼，却不知道她的名字，我只好对她笑了笑。她立马停下来，手在围裙上擦了擦，热情地对我说："老板，吃甘蔗，我给你拿一些。"我摆了摆手，谢谢她。像她们这样的，很容易接近，只要一个笑脸，一句敷衍的问候，就能打动她们的心。就可以让她们轻易地相信你。这样的关系很简单，简单到没有来由地愉悦。

到了酒店，操办婚礼的人已经到了，三个人，两男一女。他们在规划着场地。其中，一个 30 多岁的男人在做了自我介绍后，和我讨论婚礼的事情。我们只是举行一个很简单的婚礼仪式。主持人很快就和我沟通好了细节。女生过来问我们，婚礼上穿的服装是什么风格，是否需要他们做一些搭配。我看了看杨老四，她说过不要婚纱那些很烦琐的礼服，她自己选两套衣服就好了。杨老四打开了手机，对女生说："是这样的裙子，你看需要什么样的背景？"

是玫瑰吉的长裙，一件红色，高领，短袖，裙边到小腿的位置。另一件是粉色，抹胸长裙。杨老四对我说："我在网上定了这两条裙子。"我点了点头。问她："什么时候可以到？"

"一般是两周，不过，我写了加急。一周可以寄到。"

我算了下日子，是来得及的。

婚礼的前两天，裙子就寄到了，我们打开红色心形的包装盒，裙子包裹在一层金色的丝绒面料上。杨老四试穿裙子。红色的裙子配了一个宽大的腰封，腰封上绣了一个同色的吉字。更加喜庆了一些。而粉色的长裙，配了一朵粉色的花，别在裙子的最上端，花瓣层层叠叠，延伸到了肩膀。比起那些婚纱裙，要好看很多。腰封和花朵都是额外配送的饰物。杨老四沉默了一会儿。眼睛湿润。

我抱了抱杨老四。

她把包装盒翻了又翻，看是不是还有什么东西。结果，什么也没有。

她没说话，开始脱下裙子。这时，她在裙子的上边沿，看见了刺绣：杨小四。那是高中时，林雨吉对她的称呼。她瞬间眼眸含泪，嘴角上扬。

我们都曾经少年意气，三五相邀，等到年华渐去，忆起旧事，无论有泪，还是有笑，都是有情吧！

关于林雨吉，后来我们再没有联系过。我给杨老四提议，去广州看看她，杨老四没有同意，她说不要打扰她了，老朋友偶尔想起就够了。

阔忙人世，几人相逢，欢笑寥寥，卿慰百年。